死にたくないなら サインして

裏《うら》切《ぎ》り／ニセモノ／狐狗狸《こっくり》

日部星花・作
wogura・絵

集英社みらい文庫

もくじ

1年《ねん》1組《くみ》。オカルト悩《なや》みを解決《かいけつ》できると評判《ひょうばん》。
緋宮《ひのみや》せいら

1年《ねん》2組《くみ》。少《すこ》し前《まえ》に転校《てんこう》してきたばかり。
水橋《みずはし》ユキ

1年《ねん》1組《くみ》。水橋《みずはし》ユキとクラスは違《ちが》うが仲《なか》が良《よ》い。
畠山美菜《はたけやまみな》

3年《ねん》3組《くみ》。生徒会副会長《せいとかいふくかいちょう》。華《はな》やかで明《あか》るく、美人《びじん》と評判《ひょうばん》。
古賀雅《こがみやび》

3年《ねん》2組《くみ》。生徒会長《せいとかいちょう》を務《つと》め、責任感《せきにんかん》がある。美菜《みな》の兄《あに》。
畠山翔《はたけやましょう》

1年《ねん》1組《くみ》。緋宮《ひのみや》せいらと同《おな》じクラス。雅《みやび》の弟《おとうと》。
古賀優《こがすぐる》

あっ
あらすじをまんがで紹介《しょうかい》！
どうした？
水橋《みずはし》
え えっと…
消《け》しゴム
落《お》としちゃった
だけです
ガタ
すみません
……まただ
1年《ねん》2組《くみ》
水橋《みずはし》ユキ

——最近《さいきん》よく窓《まど》の外《そと》をなにかが落《お》ちていくのを見《み》る
あたしがこの学校《がっこう》に転校《てんこう》してきてしばらくしてからのこと
はじめは鳥《とり》かな と思《おも》っていた
…でも あんな大《おお》きさの鳥《とり》なんて見《み》たことがない
何《なに》も落《お》ちてない…幻《まぼろし》…?
こんなこと…誰《だれ》かに相談《そうだん》しようにもできる相手《あいて》が…
あの

大丈夫《だいじょうぶ》？
顔色《かおいろ》悪《わる》いけど…
1年《ねん》2組《くみ》
山田朱莉《やまだあかり》
あ……
……べつになんでも
無視《むし》しないと…
ひそ…
まりあに目《め》をつけられちゃう…
1年《ねん》2組《くみ》
まりあ

そっか
ならいいの…
翌日《よくじつ》
今日《きょう》は山田《やまだ》が欠席《けっせき》体調不良《たいちょうふりょう》だそうだ
あは！いい気味《きみ》〜
なに逃《に》げてんのって感《かん》じなんだけど
不登校《ふとうこう》とかだっさ
もう二度《にど》と学校《がっこう》に来《く》んな！

もとはと言《い》えば自分《じぶん》が御厨《みくりや》くんうばったのが悪《わる》いのにさあ！
きゃははは！
授業はじめるぞー
じゃあ第二場面《だいにばめん》を
そうね黒川《くろかわ》さん読《よ》んで
はぁい
ちら…
…今日《きょう》もなにか落《お》ちてくるのかな
少《すこ》しだけなら
見《み》ても大丈夫《だいじょうぶ》かな
……は

ガサッ
ウソ
ドクン
鳥《とり》なんかじゃなかった
ドクン
じゃあ第三場面《だいさんばめん》は… 水橋《みずはし》ユキさん！お願《ねが》いできる？
ガタ
いやだやめてよ！
大《おお》きくて当《あ》たり前《まえ》だった
水橋さん？
ドクン
ビク…
だって あれは ……アレは
ふら…

――一人《ひと》だった
ご飯《はん》食《た》べられそう？
うん……
…あたしにしか見《み》えない
飛《と》び降《お》りる女《おんな》の子《こ》
ぎゅっ…
ユキ？
美菜《みな》ちゃんが来《き》てくれたわよー！
母
え……
大丈夫《だいじょうぶ》？ユキ

美菜《みな》…
ぽろ
ぽろ…
え！ ちょ ちょっと どうしたの!?
ごめん 最近《さいきん》ちょっと… 変《へん》なことがあって
ユキ…
聞《き》かせてくれない？ なにがあったのか
もしかしたら 力《ちから》になれるかもしれないし
…ウソでしょ？ 幻覚《げんかく》とかじゃなくて？
ねえ美菜《みな》 あたし なんか呪《のろ》われたりしてるのかな？
うーん… 信《しん》じがたくはあるけど…

うーん…

あのさ
この話《はなし》知《し》り合《あ》いにもしてもいい？

…え？

実《じつ》は！

うちのクラス…つまり1年《ねん》1組《くみ》にね
オカルトとか不思議《ふしぎ》な出来事《できごと》についての悩《なや》みを解決《かいけつ》できるってひそかに評判《ひょうばん》な子《こ》がいるんだ
不思議《ふしぎ》な出来事《できごと》を…？

話《はな》してみない？

まああくまで噂《うわさ》レベルなんだけど…

ダメもとでも気持《きも》ちは軽《かる》くなるかもよ？

わかった相談《そうだん》してみるよ
紹介《しょうかい》してもらってもいい？
はじめまして
緋宮《ひのみや》せいらといいます
あ…あたし水橋《みずはし》ユキ
いきなりきてもらってごめんね
あの
緋宮《ひのみや》さんにはなんかこう…
霊能力《れいのうりょく》みたいなのがあるの？

いいえ
わたし自身《じしん》には そんな特別《とくべつ》な力《ちから》は ありません
でも オカルトには くわしいですよ
だって わたしは――
怪異対策《かいいたいさく》 コンサルタント ですから
怪異対策《かいいたいさく》… コンサルタント?
オカルトについての 悩《なや》みとか聞《き》いて 解決《かいけつ》できたり するんだって
小学校《しょうがっこう》の頃《ころ》から そういう感《かん》じのこと やってるらしいよ
へえ…

でもマジでお金《かね》いらないの？
代《か》わりになにか要求《ようきゅう》されるとか…
なにもいりません
契約書《けいやくしょ》さえ書《か》いてもらえれば
それで大丈夫《だいじょうぶ》です
契約書《けいやくしょ》って…
ふふ
これですよ
スッ
なんでこの紙《かみ》真《ま》っ赤《か》なの？
まあ色《いろ》なんてなんでもいいじゃないですか
ここを見《み》てください
う うん…

この【怪異性《かいいせい》アリ】っていうのは？
【契約事項】
その一
請負人に依頼内容を話し、それが【怪異性アリ】と判断された場合、依頼人は怪異対策に関する助言・指示をもらうことができる。
その二
【怪異性アリ】の場合、依頼人は、自分に起きたことについて、みだりに他言してはならない。
その三
依頼人は、請負人の【助言】は必ずしも守らなくてもよいが、【指示】は必ず守らなければならない。
それは
相談内容《そうだんないよう》が怪異《かいい》とか呪《のろ》いとか科学的《かがくてき》に説明《せつめい》できないもののせいだったという意味《いみ》です
なるほど…
よーく読《よ》んで質問《しつもん》してくださいね
契約書《けいやくしょ》はよく読《よ》むのがとっても大事《だいじ》なんです！
これ…その三《さん》って【助言《じょげん》】はともかく【指示《しじ》】は必《かなら》ず守《まも》らなきゃいけない
【助言《じょげん》】と【指示《しじ》】はなにが違《ちが》うの？なんで【指示《しじ》】は『必《かなら》ず』守《まも》らなきゃいけないの？
あら！いい質問《しつもん》ですね

――命《いのち》に
関《かか》わることだからです
い 命《いのち》に…？
ゾク
怪異《かいい》や呪《のろ》いや祟《たた》りみたいなものは
モノによっては依頼人《いらいにん》の立《た》ち回《まわ》り方《かた》によって命《いのち》を落《お》としかねない危険《きけん》があるんです
安心《あんしん》してください！
水橋《みずはし》さんの相談内容《そうだんないよう》もまだ【怪異性《かいいせい》アリ】かどうかわかりませんし…
なによりきちんと【指示《しじ》】を守《まも》ってくだされば
危《あぶ》ないことはありませんから！

水橋ユキ
ありがとうございます！
ではさっそく
起《お》きたことについて調《しら》べてみましょう…
大丈夫《だいじょうぶ》安心《あんしん》してください
ユキ大丈夫…？
契約《けいやく》が守《まも》られる限《かぎ》り必《かなら》ず最良《さいりょう》の『対策《たいさく》』を助言《じょげん》してみせますので！

次《つぎ》の日《ひ》
あたしは結局《けっきょく》
また学校《がっこう》を休《やす》む
ことにした
……
窓《まど》くらい
あけようかな
そういえば山田《やまだ》
一昨日《おととい》休《やす》んでたん
だっけ…
あいつは今日《きょう》
学校《がっこう》に行《い》ってるかな
シャッ
ザッ
いやだ
こないでよ…!!
〝飛《と》び降《お》りる女《おんな》の子《こ》〟が家《いえ》にまで……!?
詳《くわ》しくは次《つぎ》のページから!!

1枚《まい》目《め》 裏《うら》切《ぎ》り

1

「あっ」

思《おも》わず、声《こえ》がもれる。

数学《すうがく》の授業中《じゅぎょうちゅう》。先生《せんせい》がちょうど板書《ばんしょ》に集中《しゅうちゅう》していたタイミングだったからか、もれた声《こえ》は意外《いがい》とクラス中《じゅう》にひびいた。

「どうした？　水橋《みずはし》」

「え、えっと……。消《け》しゴム、おとしちゃっただけです。すみません」

あわててそう言《い》うと、先生《せんせい》はそうか、とうなずいて板書《ばんしょ》にもどる。

となりの席《せき》の山田《やまだ》は一瞬《いっしゅん》けげんそうな顔《かお》をした。たぶん、あたし——水橋《みずはし》ユキの机《つくえ》のうえに消《け》しゴムがきちんとあるのが見《み》えたからだろう。

じわり、と、背中《せなか》にいやな汗《あせ》がにじんだ。

……また、だ。

あたしはゆっくり、腕《うで》をさすった。初夏《しょか》なのに、ずいぶんと寒《さむ》く感《かん》じる。

——最近《さいきん》よく、窓《まど》の外《そと》をなにかが落《お》ちていくのを見《み》る。

あたしがこの学校《がっこう》に、転校《てんこう》してきてしばらくしてからだった。その現象《げんしょう》を見《み》るようになったのは。

視界《しかい》のはしに一瞬《いっしゅん》映《うつ》るだけだから、それがなにかはわからない。でも、それなりに大《おお》きなものであることはわかる。

妙《みょう》であるのは、授業《じゅぎょう》が終《お》わったあとに窓《まど》の下《した》を見《み》ても、なにも落《お》ちていないということ。

はじめは、鳥《とり》かな、と思《おも》っていた。

ものが落《お》ちるのを見《み》るのは決《き》まって2時間目《じかんめ》の半分《はんぶん》がすぎる頃《ころ》だったから、その時間《じかん》にここにくる習性《しゅうせい》の鳥《とり》がいるのかな、と。

でも、あんな大《おお》きさの鳥《とり》なんて、見《み》たことがない。

かといって、あんなに大《おお》きなものなのに、落《お》ちたはずのものの痕跡《こんせき》がどこにもないのはもっとおかしい。

……アレは、いったいなんなんだろう。

あたし、幻《まぼろし》でも見《み》てる？

だれかに相談《そうだん》しようにも、相談《そうだん》なんてできる相手《あいて》がいない。

最近《さいきん》このあたりに引《ひ》っ越《こ》してきて、この学校《がっこう》に転校《てんこう》してきたばかりだから、こみいった相談《そうだん》ができるほど仲《なか》のいい友達《ともだち》はこのクラスにはいないんだ。

……そもそもいまのこのクラスには、だれかの相談事《そうだんごと》を一緒《いっしょ》になって考《かんが》えてくれるよゆうのある子《こ》はいない。

「あの」

ふと。

となりから声《こえ》が聞《き》こえてきて、あたしは反射的《はんしゃてき》にそちらを見《み》た。

……声《こえ》をかけてきたのは、山田《やまだ》だった。

「だいじょうぶ？　顔色《かおいろ》、悪《わる》いけど……」

「あ……」

気《き》づいてくれた。

安堵感《あんどかん》がこみあげて——そこであたしはハッ、とした。

だめだ。返事《へんじ》をしたら。反応《はんのう》したら。

「……べつに、なんでも」

なんとかそれだけ小《ちい》さく返《かえ》し、あたしはわざとらしく黒板《こくばん》に視線《しせん》を移《うつ》した。

（無視《むし》しないと、まりあに目《め》をつけられちゃう……）

まりあはこのクラスで一番華《いちばんはな》やかな女子《じょし》で、クラスの女王様《じょおうさま》のような存在《そんざい》だ。山田《やまだ》は、まりあの指示《しじ》によって、このクラスの女子全員《じょしぜんいん》から無視《むし》されている。

理由《りゆう》は、まりあの好《す》きな男子《だんし》が、山田《やまだ》のことを好《す》きだといったこと。

まりあは、前《まえ》からずっと好《す》きな人《ひと》を公言《こうげん》していたから、「好《す》きな人《ひと》をとった」山田《やまだ》は、まりあにとっては裏切《うらぎ》り者《もの》なのだ。

「そっか。なら、いいの……」

さみしげな横顔《よこがお》。

……しょうがないんだ。あたしが山田《やまだ》を無視《むし》するのも、山田《やまだ》がみんなから無視《むし》されるのも、全部《ぜんぶ》、まりあを裏切《うらぎ》った、山田《やまだ》のせいなんだから。

（それに、あたしは……）

山田《やまだ》のことよりも、あの、へんな幻《まぼろし》が気《き》になる。大《おお》きな鳥《とり》なのか。鳥《とり》でなければなにが落《お》ちていっているのか。——正体《しょうたい》を知《し》りたいけれど、知《し》ってはいけない気《き》もする。

でも、あれを毎日《まいにち》見《み》てたら、そのうち、ぼと、どしゃっ、って、そういう音《おと》まで聞《き》こえてきそうな気《き》がして。

気持《きも》ちが悪《わる》くて、しかたがないのだ。

2

山田《やまだ》はつぎの日《ひ》から登校《とうこう》してこなくなった。

先生《せんせい》は体調《たいちょう》を崩《くず》したからだ、って言《い》ってたけど、原因《げんいん》がこのクラスにあることは明《あき》らかだった。

ムリもないことだと思《おも》った。山田《やまだ》が無視《むし》されている期間《きかん》も、だいぶ長《なが》くなってたらしいから。

学校《がっこう》にきたくなるのも、しかたがない。

「あは！　いい気味《きみ》～。もう二度《にど》と学校《がっこう》にくんな！」

「不登校《ふとうこう》とか、だっさ。なに逃《に》げてんのって感《かん》じなんだけど。もとはと言《い》えば自分《じぶん》が御厨《みくりや》くんうばったのが悪《わる》いのにさあ」

まりあと、そして彼女《かのじょ》の取《と》り巻《ま》きたちは、そうくちぐちに言《い》ってきゃらきゃら笑《わら》った。

◇◆◇

「授業《じゅぎょう》はじめますよー」

つぎの日《ひ》の2時間目《じかんめ》の授業《じゅぎょう》は、国語《こくご》。

まりあがおしゃべりをやめたのを見《み》て、ほっとする。あたしは空《から》のとなりの席《せき》を気《き》にしながらも、いつもどおりノートを開《ひら》いた。

「じゃあ第《だい》二場面《ばめん》を、そうね、黒川《くろかわ》さん読《よ》んで」

「はあい」

先生《せんせい》に指名《しめい》された女子《じょし》が、教科書《きょうかしょ》の本文《ほんぶん》を読《よ》みはじめる。

その声《こえ》を聞《き》きながら、あたしは黒板《こくばん》のうえにかけられた時計《とけい》を見《み》あげた。

針《はり》は、そろそろ、いつもなにかが落《お》ちていく時間《じかん》を指《さ》そうとしている。

……今日《きょう》もなにか落《お》ちてくのかな。

背筋《せすじ》がぞわぞわしておちつかない。気《き》のせいだ、もしくは大《おお》きな鳥《とり》だ、って思《おも》うようにしても、どうしても窓《まど》の外《そと》が気《き》になっちゃうんだ。

見《み》ないように見《み》ないように、ってすればするほど、窓《まど》に意識《いしき》がひかれていく。

……少《すこ》しだけ、なら、だいじょうぶかな。

いままで、あたしは『ソレ』を視界《しかい》のはしにとらえることはあっても、一度《いちど》だってちゃんと見《み》たことはなかった。だから、いまちらっと見《み》るだけなら、今日《きょう》だけハッキリ見《み》えたりするなんてこと、さすがにないはず。

だから、そう。……ちょっとだけ。そう思《おも》って、ちら、と窓《まど》の外《そと》を見《み》た、そのときだった。

「……は」

ひゅう、と、目《め》の前《まえ》を、黒《くろ》いかたまりが落《お》ちていった。

あたしはそれを、見《み》てしまった。

「ウソ」

かすれた声《こえ》が、意図《いと》せず喉《のど》の奥《おく》からこぼれ落《お》ちた。

急《いそ》いであとずさろうとして、座《すわ》ったままであることに気《き》づく。ガタン、イスがゆれてやや大《おお》きな音《おと》を立《た》てる。

……鳥《とり》なんかじゃなかった。

大《おお》きくてあたりまえだった。

だって、あれは。アレは、

――人《ひと》だった。

女《おんな》の子《こ》が、空《そら》から、真《ま》っ逆《さか》さまに落《お》ちていっていた。

「はい、黒川《くろかわ》さんありがとう。じゃあ、つぎ第《だい》三場面《ばめん》を読《よ》んでくれる人《ひと》……うーん、だれにしようかしら？」

——**飛《と》びおりた。人《ひと》が。屋上《おくじょう》から。**

そうさけびたかった。でも、恐怖《きょうふ》のあまり声《こえ》にはならなかった。

毎日《まいにち》、『ソレ』は窓《まど》の外《そと》を落《お》ちていっていた。

なのに、音《おと》がしたことはなかった。人《ひと》が落《お》ちたなら地面《じめん》にたたきつけられる、大《おお》きな音《おと》がするはずだ。なのに……だれも、そんな音《おと》は聞《き》いてない。

今日《きょう》落《お》ちていった人《ひと》と、毎日《まいにち》真《ま》っ逆《さか》さまに落《お》ちていっていたモノが同《おな》じなら、こたえはひとつ——彼女《かのじょ》は、生《い》きた人間《にんげん》じゃないんだ。

彼女《かのじょ》は、毎日毎日《まいにちまいにち》同《おな》じ時間《じかん》に飛《と》びおりていた。人《ひと》じゃないなら何回《なんかい》だって飛《と》びおりられる。地面《じめん》に落《お》ちても死《し》なない。

……みんな、なにも見《み》えてない。なにも聞《き》いてない。あたしだけに、見《み》えてるんだ。

あたしだけに！

「じゃあ、第三場面《だいばめん》は……水橋《みずはし》ユキさん！　おねがいできる？」

「いやだ、やめてよ！」

「……水橋《みずはし》さん？」

どうしたの？　そう心配《しんぱい》そうに聞《き》いてくる、先生《せんせい》の声《こえ》が遠《とお》い。

あたしはふらりと立《た》ちあがると、窓《まど》の外《そと》に身《み》を乗《の》りだして、その子《こ》が落《お》ちたはずの地面《じめん》を見《み》た。

そこにはなにもなかった。

……それを見《み》て、あたしはそのまま、気《き》を失《うしな》った。

3

「ご飯《はん》食《た》べられそう？」

「うん……」

心配《しんぱい》そうなお母《かあ》さんの声《こえ》に、ベッドの中《なか》からなんとかこたえる。

……翌日《よくじつ》、あたしは熱《ねつ》をだした。

もちろん、学校《がっこう》に行《い》くことはできなかった。……まあ、あんな奇行《きこう》をしたあとで、学校《がっこう》に行《い》くのもゆううつだったから、好都合《こうつごう》ではあったけど。

気《き》を失《うしな》って早退《そうたい》したあとは、大《たい》して体調《たいちょう》も悪《わる》くなかったのだが――真《ま》っ逆《さか》さまに落《お》ちていく女《おんな》の子《こ》の姿《すがた》が、どうしても脳裏《のうり》にちらついて眠《ねむ》れなくて、結局体調《けっきょくたいちょう》を崩《くず》した。

いまでもまだ、目《め》をつむると思《おも》いだせる。

重力《じゅうりょく》にひかれ、落《お》ちていく、女《おんな》の子《こ》。

顔《かお》は見《み》えなかったし、制服《せいふく》もよく見《み》えなかったけれど、女《おんな》の子《こ》であるということだけはわかった。なぜなら彼女《かのじょ》は落《お》ちていくとき、こちらをむいていた。……あたしは、窓《まど》を通《つう》過《か》する女《おんな》の子《こ》と、目《め》が合《あ》ったような気《き》がする。

――あたしは結局《けっきょく》、お母《かあ》さんのつくってくれたおかゆもほとんど口《くち》にいれずに、夕方《ゆうがた》になってもふとんにくるまってじっとしていた。もう大分熱《だいぶねつ》はさがったけど、まだなんとなく身体《からだ》がだるい。

……あたしにしか見《み》えない、飛《と》びおりる女《おんな》の子《こ》。

何度《なんど》も何度《なんど》も何度《なんど》も何度《なんど》も、くりかえしくりかえし、真《ま》っ逆《さか》さまに落《お》ちていく女《おんな》の子《こ》。

幻覚《げんかく》じゃない。幽霊《ゆうれい》か、はたまたほかのものなのか、あたしにはわからないけど――あたしはたしかにこの目《め》で見《み》たんだ。

「ユキ？　美菜《みな》ちゃんがきてくれたわよー！」

「え……」

1階《かい》の玄関《げんかん》あたりから、2階《かい》にあるあたしの部屋《へや》にむかってさけんでるんだろう。階下《かいか》から聞《き》こえてきたお母《かあ》さんの声《こえ》に、あたしは少《すこ》しだけ身体《からだ》を起《お》こす。

すぐにパタパタと階段《かいだん》を上《のぼ》ってくる音《おと》がして、ノックとともに見知《みし》った顔《かお》が部屋《へや》に入《はい》ってきた。

畠山美菜《はたけやまみな》――あたしが今《いま》の学校《がっこう》で一番親《いちばんした》しくしていると言《い》える、となりのクラスの女子《じょし》だ。

ご近所《きんじょ》さんだから、引《ひ》っ越《こ》してきてすぐに仲良《なかよ》くなったんだよね。

「だいじょうぶ、ユキ？」

心配《しんぱい》そうに、美菜《みな》があたしを見《み》る。その気持《きも》ちがあったかくて、あたしは気《き》づけば、ぽろぽろと涙《なみだ》を流《なが》していた。

「え！　ちょ、ちょっと、どうしたの!?」

「ご、ごめん、最近《さいきん》ちょっと……変《へん》なことがあって参《まい》っちゃってて。それで……」

「ユキ……」

まゆをさげた美菜《みな》が、「もし、よければなんだけどさ」とあたしの顔《かお》をのぞきこむ。

「聞《き》かせてくれない？　なにがあったのか。もしかしたら力《ちから》になれるかもしれないし」

「でも、信《しん》じてもらえないし。こんなこと」

「そんなの、わかんないじゃん。とにかく聞《き》かせてよ。わたしたち、友達《ともだち》じゃん」

「美菜《みな》……」

元気《げんき》づけるように、明《あか》るい笑顔《えがお》でいる美菜《みな》にそう言《い》われて。

あたしは少《すこ》し間《ま》をおいてから、ゆっくりとうなずいた。

「……ウソでしょ？　幻覚《げんかく》、とかじゃなくて？」

あたしが身《み》のまわりで起《お》きている出来事《できごと》を話《はな》すと、美菜《みな》は、真《ま》っ青《さお》になっていた。

ウソじゃない。全部《ぜんぶ》、この目《め》で見《み》たんだから。

「ねえ美菜《みな》、あたし、なにか、呪《のろ》われたりしてるのかな？」

だって、おかしいじゃん。毎日毎日《まいにちまいにち》、女《おんな》の子《こ》が飛《と》びおりるところを見《み》つづけるなんて。

言《い》うと、美菜《みな》はこまったような顔《かお》をして、「わかんない」と言《い》う。

……そりゃ、そうだよね。あたしにしか見《み》えないんだし。

「うーん……たしかに、信《しん》じがたくはあるけど……ユキはこまってるんだよね？」

「……うん。それは、まあ。怖《こわ》いし」

「だよね」

美菜《みな》はそう言《い》ってしばらくうなり、不意《ふい》に「あっ」と声《こえ》をあげた。

「なに？」

「あのさ。この話《はなし》、知《し》り合《あ》いにもしてもいい？」

「……え？」

とつぜんの話《はなし》に面食《めんく》らうと、美菜《みな》は「実《じつ》は！」と口《くち》を開《ひら》いた。

「うちのクラス……つまり1年《ねん》1組《くみ》にね、オカルトとか、不思議《ふしぎ》な出来事《できごと》についての悩《なや》みを解決《かいけつ》できるって、ひそかに評判《ひょうばん》な子《こ》がいるんだ」

「不思議《ふしぎ》な出来事《できごと》を……？」

「うん。まあ、あくまでウワサレベルなんだけど……でも、実害《じつがい》がないとはいえ、毎日《まいにち》そんなもの見《み》たんじゃ気持《きも》ちは悪《わる》いでしょ？」

「それは、まあ」

「だから話《はな》してみない？　ダメもとでも、気持《きも》ちは軽《かる》くなるかもよ？」

美菜《みな》がそう言《い》い、あたしの顔《かお》をのぞきこんでくる。

正直《しょうじき》、ちょっとうさんくさい気《き》がするけど、ダメもとで話《はなし》だけしてみるのも、いいかもしれない。

「わかった。あたし、相談《そうだん》してみるよ。紹介《しょうかい》してもらってもいい？」

「はじめまして。緋宮《ひのみや》せいらといいます」

家《いえ》がそこまではなれていないらしく、美菜《みな》が電話《でんわ》で呼《よ》びだしてくれたその子《こ》は、30分足《ぶんた》らずでここまできてくれた。急《いそ》いできてくれたからか、荷物《にもつ》はほとんどなにも持《も》ってきていない。

（うわあ……）

あたしは思《おも》わず、その子《こ》の姿《すがた》を見《み》て、息《いき》をのんだ。

ウェーブがかかった、つややかな黒《くろ》のロングヘア。宝石《ほうせき》のような瞳《ひとみ》に、抜《ぬ》けるように白《しろ》い肌《はだ》。うすいくちびる。

――まりあがバラなら、この子《こ》はユリかも。白《しろ》いユリ。

そんなことを考《かんが》えたところで、あたしははっと我《われ》に返《かえ》った。

「あ……あたし、水橋《みずはし》ユキ。いきなりきてもらってごめんね。あの、緋宮《ひのみや》さんには、なんかこう、霊能力《れいのうりょく》みたいなのがあるの？」

「いいえ。わたし自身《じしん》には、そんな特別《とくべつ》な力《ちから》はありません」

「えっ、そうなの？」

「ええ。でも、オカルトにはくわしいですよ。だってわたしは——**怪異対策《かいいたいさく》コンサルタント**ですから」

怪異対策《かいいたいさく》コンサルタント？

はじめて聞《き》く言葉《ことば》に目《め》を白黒《しろくろ》させていると、美菜《みな》がすぐさま言《い》った。

「だから、オカルトについての悩《なや》みとか聞《き》いて、解決《かいけつ》できたりするんだって。小学校《しょうがっこう》の頃《ころ》から、そういう感《かん》じのことやってるらしいよ」

「へえ……？」

よくわからない。それにちょっとうさんくさい。

コンサルタント、っていうのはたしか、依頼人《いらいにん》の相談《そうだん》に乗《の》って、指導《しどう》や助言《じょげん》を行《おこな》ったりする人《ひと》のことだったよね。なにかひとつの分野《ぶんや》に関《かん》する経験《けいけん》や知識《ちしき》があって、それを使《つか》って、依頼人《いらいにん》にいい助言《じょげん》をもたらす——。

それをオカルトでやってるってこと？

（心霊相談的《しんれいそうだんてき》な感《かん》じ？）

こまって美菜《みな》に目《め》をやると、美菜《みな》は「だいじょうぶ！」というようにうなずいてみせ

た。

……うーん。聞《き》くだけ聞《き》いてみようかな。切羽詰《せっぱつ》まってるのはほんとだし。

「あの、そのコンサルタント？　の仕事《しごと》とかについて、くわしく説明《せつめい》してくれる？」

「ええ」

可憐《かれん》な笑《え》みを浮《う》かべたまま、緋宮《ひのみや》さんがあくまでおだやかにうなずいた。

「とはいえ、コンサルタントと言《い》っても、大人《おとな》ではないので、お金《かね》はもらいません。そういう意味《いみ》ではオカルトに関《かん》するアドバイスをするボランティアに近《ちか》いかもしれません」

「そうなんだ……」

「ええ」

うなずき、彼女《かのじょ》は小首《こくび》をかしげてみせる。

「怪異《かいい》とか呪《のろ》いとか、そういうものは、倒《たお》したりできなくても、知識《ちしき》さえあればうまく回《かい》避《ひ》したりもできたりするんです。だから、怪異《かいい》などに関《かか》わってしまった人《ひと》が危険《きけん》を回避《かいひ》できるようにしたり、そういった人《ひと》たちの恐怖《きょうふ》を薄《うす》くしたりするために、助言《じょげん》をしてるんですよ」

「へえ……」

本当《ほんとう》に、**『コンサルティング』**をしてるんだ。

霊能力《れいのうりょく》でお化《ば》けを滅《めっ》する！　とかいう話《はなし》だったらさすがに怪《あや》しいし信《しん》じられないけど、そんなふうに説明《せつめい》されると、『そういうことができるんだ』と思《おも》ってしまう。

まあ、単《たん》に緋宮《ひのみや》さんの話《はな》しかたがうまいからなのかもしれないけど……。

「じゃあ、あたしも緋宮《ひのみや》さんに相談《そうだん》したら、周《まわ》りで起《お》きてるおかしなことについても、説《せつ》明《めい》できたり、対策《たいさく》できたりするの？」

「もちろんですとも」

「でも、マジでお金《かね》いらないの？　代《か》わりになにか要求《ようきゅう》されるとか」

「なにもいりません。**契約書**《けいやくしょ》にサインさえしてもらえれば、それでだいじょうぶです」

ウソ。じゃあ本当《ほんとう》に無償《むしょう》でコンサルティングしてくれるってこと？

なにそれ、すごい。めちゃくちゃお得《とく》じゃない？

「その契約書《けいやくしょ》って……」

「ふふ。これですよ」

緋宮《ひのみや》さんがどこからともなくとりだしたのは、Ａ《エー》４サイズのバインダー。

あれ、と思《おも》う。

（……緋宮《ひのみや》さん、さっきまで手《て》ぶらじゃなかったっけ）

あたしの疑問《ぎもん》をよそに、緋宮《ひのみや》さんはさらにそのバインダーから紙《かみ》をとりだす。

それが契約書《けいやくしょ》らしいんだけど――あたしはその紙《かみ》を見《み》て、ゾッ、とした。

だって。


「なんでこの紙《かみ》、真《ま》っ赤《か》なの？」


――黒《くろ》い文字《もじ》でびっしり埋《う》まったその紙《かみ》は、まるで血《ち》の色《いろ》みたいに真《ま》っ赤《か》だったから。

（気持《きも》ち悪《わる》い……）

トリハダがたった腕《うで》を自分《じぶん》でだきしめる。

けれども、緋宮《ひのみや》さんはくすす、と笑《わら》って「さあ？」と言《い》うだけ。

「まあ、色《いろ》なんてなんでもいいじゃないですか。先《さき》に、ここを見《み》てください」

「……う、うん……」

とまどいつつも、指《ゆび》をさされたところをのぞきこむ。

そこには、こんなことが書《か》かれていた。

【契約事項《けいやくじこう》】
その1　請負人《うけおいにん》に依頼内容《いらいないよう》を話《はな》し、それが【怪異性《かいいせい》アリ】と判断《はんだん》された場合《ばあい》、依頼人《いらいにん》は怪異対策《かいいたいさく》に関《かん》する助言《じょげん》・指示《しじ》をもらうことができる。
その2　【怪異性《かいいせい》アリ】の場合《ばあい》、依頼人《いらいにん》は、自分《じぶん》に起《お》きたことについて、みだりに他言《たごん》してはならない。
その3　依頼人《いらいにん》は、請負人《うけおいにん》の【助言《じょげん》】はかならずしも守《まも》らなくてもよいが、【指示《しじ》】はかならず守《まも》らなければならない。

(契約《けいやく》、事項《じこう》……？　約束事《やくそくごと》みたいなことかな？)

えーと、たぶん『依頼人《いらいにん》』っていうのが、相談者《そうだんしゃ》……あたしのことで、『請負人《うけおいにん》』っていうのが、緋宮《ひのみや》さんだよね。

「この【怪異性《かいいせい》アリ】っていうのは？」

「それは、相談内容《そうだんないよう》が怪異《かいい》とか、呪《のろ》いとか、科学的《かがくてき》に説明《せつめい》できないもののせいだった、という意味《いみ》です」

なるほど。

そうだよね、お化《ば》けのせいだ！　と思《おも》ってたことが、よくよく調《しら》べてみればぜんぜんただの気《き》のせいだったとか、そういうこともあると思《おも》うし。

気《き》のせいだったら、『怪異対策《かいいたいさく》』のアドバイスなんて必要《ひつよう》ないよね。

【怪異性《かいいせい》アリ】だったらあんまり人《ひと》に広《ひろ》めちゃいけないの？　あぶないことなら、みんなに知《し》らせた方《ほう》がいいような気《き》がするけど」

「それはですね、怪異《かいい》というのは認識《にんしき》されることで強《つよ》くなるものだからです。だから、ウワサをして、存在《そんざい》を広《ひろ》めてはいけないんです」

怖《こわ》い話《はなし》は、ウワサから生《う》まれる。

生《う》まれた怖《こわ》い話《はなし》は、怪異《かいい》を生《う》む。

契約事項《けいやくじこう》

◆その1◆

請負人《うけおいにん》に依頼内容《いらいないよう》を話《はな》し、
それが【怪異性《かいいせい》アリ】と判断《はんだん》された場合《ばあい》、
依頼人《いらいにん》は怪異対策《かいいたいさく》に関《かん》する
助言《じょげん》・指示《しじ》をもらうことができる。

◆その2◆

【怪異性《かいいせい》アリ】の場合《ばあい》、
依頼人《いらいにん》は、自分《じぶん》に起《お》きたことについて、
みだりに他言《たごん》してはならない。

◆その3◆

依頼人《いらいにん》は、請負人《うけおいにん》の
【助言《じょげん》】はかならずしも守《まも》らなくてもよいが、
【指示《しじ》】はかならず守《まも》らなければならない。

「――ウワサをすれば影《かげ》がさす、というでしょう？　怖《こわ》い話《はなし》を流《なが》せば、それが本当《ほんとう》の怪異《かいい》になってしまうこともあるし、尾《お》ひれがついたウワサが、害《がい》のない怪異《かいい》をあぶないものに変《か》えてしまうこともあるんです」

だからみだりに他言《たごん》してはいけないんですよ、と言《い》われて。

ぞーっと、悪寒《おかん》が背筋《せすじ》をかけ抜《ぬ》ける。

ウワサであたらしい怪異《かいい》が生《う》まれるって、怖《こわ》すぎ……。

「よーく読《よ》んで、質問《しつもん》してくださいね。契約書《けいやくしょ》は、よく読《よ》むのがとっても大事《だいじ》なんです！」

「そう？　じゃあ……」

あたしは、契約事項《けいやくじこう》の「3」を指《ゆび》さす。

「これ、その3って【助言《じょげん》】はともかく、【指示《しじ》】はかならず守《まも》らなきゃいけない、ってことでしょ？　【助言《じょげん》】と【指示《しじ》】はなにがちがうの？　なんで【指示《しじ》】は『かならず』守《まも》らなきゃいけないの？」

すると。

緋宮《ひのみや》さんがぱっと笑顔《えがお》になり、

「あら！　いい質問《しつもん》ですね」

とこれまた可憐《かれん》な声《こえ》で言《い》う。

思《おも》わずその笑顔《えがお》に見《み》とれそうになって——つぎの瞬間《しゅんかん》、ぞくりと、背筋《せすじ》が冷《ひ》えた。

「——命《いのち》に関《かか》わることだからです」

緋宮《ひのみや》さんが一瞬《いっしゅん》にして、冷《ひ》ややかにすら見《み》える無表情《むひょうじょう》になっていたから。

「い、命《いのち》に……？」

「怪異《かいい》や呪《のろ》いや祟《たた》りみたいなものは、モノによっては、依頼人《いらいにん》の立《た》ちまわりかたによって命《いのち》をおとしかねない危険《きけん》があるようなものもあるんです。

【助言《じょげん》】は、聞《き》いた方《ほう》がいいけれど、聞《き》かなくてもなんとかなるもの。【指示《しじ》】は、聞《き》かなければ命《いのち》に関《かか》わるもの、なんです。**……だから、『かならず』守《まも》ってもらわなきゃこまるんです**」

真剣《しんけん》な調子《ちょうし》でつむがれた言葉《ことば》に、あたしはだまりこむ。美菜《みな》もフンイキにのまれたように沈黙《ちんもく》している。

……たしかに怪談《かいだん》とか都市伝説《としでんせつ》とか本当《ほんとう》にあった怖《こわ》い話《はなし》とかの中《なか》には、結末《けつまつ》がシャレにならないものもよくある。

きっと、マジであぶないものもあるんだろう。

「安心《あんしん》してください！」

一瞬《いっしゅん》にして重《おも》い緊張感《きんちょうかん》に支配《しはい》された部屋《へや》の空気《くうき》を変《か》えるように、緋宮《ひのみや》さんが明《あか》るく言《い》う。

「水橋《みずはし》さんの相談内容《そうだんないよう》も、まだ【怪異性《かいいせい》アリ】かどうかわかりませんし……なにより、きちんと【指示《しじ》】を守《まも》ってくだされば、あぶないことはありませんから！」

――だから、まずはサインをしてもらって、それからお話《はなし》を聞《き》かせてくれませんか？

(うーん……どうしよう)

悩《なや》むけど、お金《かね》もいらないっていうし。説明《せつめい》もくわしかったし。

契約書《けいやくしょ》のシュミは悪《わる》いけど……あのおかしな現象《げんしょう》を見《み》ないですむんなら。

【契約者学年《けいやくしゃがくねん》・年齢《ねんれい》・氏名《しめい》】

1年《ねん》2組《くみ》　12歳《さい》　水橋《みずはし》ユキ

ボールペンをとりだして、さっとサインをする。

それを見《み》た緋宮《ひのみや》さんはぱっと顔《かお》を明《あか》るくして、「ありがとうございます！」とうれしそうに言《い》った。

「ではさっそく、起《お》きたことについて教《おし》えてください！」

◇◆◇

——ひととおり聞《き》きおえると、緋宮《ひのみや》さんは「うーん」と首《くび》をひねった。

「女《おんな》の子《こ》が毎日《まいにち》同《おな》じ時間《じかん》に飛《と》びおり、ですか」

「女《おんな》の子《こ》だってわかったのは昨日《きのう》だけど、多分《たぶん》、ずっと同《おな》じものが落《お》ちていってた気《き》がするんだ。まあ、ただのカンなんだけどね」

「いえ、こういう場合《ばあい》は感覚的《かんかくてき》なことが正《ただ》しいことがよくあります。なので多分《たぶん》、毎日《まいにち》落《お》ちていっていたのは女《おんな》の子《こ》なんだと思《おも》いますよ」

緋宮《ひのみや》さんがそう言《い》う。

「そ、そういうものなの……？」

美菜《みな》と一緒《いっしょ》に顔《かお》を見《み》あわせる。

正直《しょうじき》、まだあんまり信《しん》じられない。でも、飛《と》びおりているのが、女《おんな》の子《こ》だ——って、直《ちょっ》感的《かんてき》に思《おも》ったのはあたし自身《じしん》だし。

「……でも、それにしたって変《へん》、じゃないかな。わたし、生《う》まれたときからこの町《まち》に住《す》んでるけど、この中学《ちゅうがく》で飛《と》びおりがあったなんて聞《き》いたことないよ？」

「えっ」

美菜《みな》の言葉《ことば》に、あたしは目《め》を丸《まる》くした。

え、じゃああれは、あそこで飛《と》びおりた女《おんな》の子《こ》の霊《れい》ですらないってこと？

「そんな。あたしが見《み》たのは、ただの幻覚《げんかく》……？」

そんなふうにはとても思《おも》えかったのに。

でも……。

「幻《まぼろし》、ですか。まあ、その可能性《かのうせい》も否定《ひてい》はできませんが……。やはり気《き》になるのは、くりかえし、しかも同《おな》じ時間《じかん》に落《お》ちていくということと、最近《さいきん》見《み》えはじめたということと、いまのところ水橋《みずはし》さんにだけ見《み》える、ということです」

とりあえず、と緋宮《ひのみや》さんは顔《かお》をあげた。

「調《しら》べてみましょう。……だいじょうぶ、安心《あんしん》してください。契約《けいやく》が守《まも》られる限《かぎ》り、かならず最良《さいりょう》の『対策《たいさく》』を助言《じょげん》してみせますので！」

それでは、今日《きょう》はこれで失礼《しつれい》します。

緋宮《ひのみや》さんはほほえんでそう言《い》うと、部屋《へや》をでていった。

……そのときの彼女《かのじょ》のほほえみは、可憐《かれん》というよりは、ぞっとするような美《うつく》しさだった。

5

つぎの日《ひ》。

調子《ちょうし》はなかなかよくならない。

ずっと胸《むね》がむかむかして、身体《からだ》がふるえて、頭《あたま》が痛《いた》くてだるい。心《こころ》が弱《よわ》ってるから、身体《からだ》もこんなにだるいんだろうか。

どうしようもないから、あたしは結局《けっきょく》、また学校《がっこう》を休《やす》むことにした。

「じゃあ母《かあ》さん、パートに行《い》くけど……。ユキ、本当《ほんとう》にひとりでだいじょうぶなの？」

「うん、熱《ねつ》があるわけじゃないし……。念《ねん》の為《ため》、休《やす》むだけだから」

心配《しんぱい》そうにこちらを見《み》てくるお母《かあ》さんをそう言《い》って送《おく》りだし、あたしはふらふらと自分《じぶん》の部屋《へや》にもどる。

だるい身体《からだ》をベッドになげだして、目《め》を閉《と》じる。

……だいじょうぶ。きっとすぐに学校《がっこう》にもどれる。つらいのが、あの「飛《と》びおり」を見《み》てしまった心《こころ》のせいなら、きっと緋宮《ひのみや》さんがあの女《おんな》の子《こ》をなんとかしてくれる。

(霊《れい》だろうと、幻《まぼろし》だろうと、あれを見《み》なくて済《す》むならなんだっていい)

緋宮《ひのみや》さんはだいじょうぶ、と言《い》ってくれた。契約書《けいやくしょ》にもサインした。

だから——だいじょうぶなはずなんだ。

手持《ても》ち無沙汰《ぶさた》になり、あたしはなんとはなしに、サイドボードにおいていたスマホを手《て》にとった。昨日《きのう》は具合《ぐあい》が悪《わる》くてほとんどスマホをいじってなかったけど……。

「あっ」

液晶《えきしょう》に表示《ひょうじ》された通知《つうち》を見《み》て、思《おも》わず、声《こえ》を漏《も》らす。

『まりあ：ユキだいじょうぶ？』

『まりあ：なんかあった？　ねー返事《へんじ》してよ』

まずい。あたし、まりあからのメッセージに返事《へんじ》、してなかった。

……これが送《おく》られてきたのは、昨日《きのう》の夕方頃《ゆうがたごろ》。

まりあは自分《じぶん》の送《おく》ったメッセージにすぐ返信《へんしん》がないと不機嫌《ふきげん》になる。クラスの女子《じょし》なら、みんな知《し》ってることだ。

『ユキ：ごめん、いま起《お》きた。心配《しんぱい》してくれてありがと！』

『ユキ：昨日《きのう》はずっと調子悪《ちょうしわる》くて、お母《かあ》さんにスマホとりあげられてたからさ。返信《へんしん》できなくてごめんね！』

スマホをとりあげられていた、というのはウソだ。でもこれなら納得《なっとく》してくれるはず。

うちの中学《ちゅうがく》ではスマホのもちこみが禁止《きんし》されてるから、いま、学校《がっこう》にいるまりあには
メッセージは読《よ》めない。でも、メッセージには送信時間《そうしんじかん》が表示《ひょうじ》される。あたしが早《はや》く返事《へんじ》
をしようとした、というのはわかるはずだ。

「はあ……」

なにもしていないのに、どっとつかれてしまった。

「……窓《まど》くらいあけようかな」

よく考《かんが》えてみれば、起《お》きてからずっと、カーテンも雨戸《あまど》のシャッターも閉《し》めっぱなしだ。

なんとなく息苦《いきぐる》しいのはそのせいかもしれない。

あたしはのろのろと起《お》きあがると、カーテンに手《て》をかける。

……そういえば、山田《やまだ》、一昨日《おととい》休《やす》んでたんだっけ。

あいつは、今日《きょう》は学校《がっこう》に行《い》ってるかな。

そんなことをぼんやりと考《かんが》えながらカーテンをあけ、シャッターをあげて。

――そして、その瞬間《しゅんかん》だった。

「つは」

ひゅう、と。

風《かぜ》をきる音《おと》がして、目《め》の前《まえ》をなにかが落《お》ちていった。

「う、そ、でしょ？」

——見《み》てしまった。見《み》えてしまった。

落下音《らっかおん》はなかったけど、落《お》ちてきたのは、まちがいなくあの女《おんな》の子《こ》だった。

いま見《み》た光景《こうけい》を信《しん》じたくなくて、あたしはガタガタとふるえる。

どうして。ここはあたしの家《いえ》なのに。屋上《おくじょう》なんてないのに。

……でも、あたしは同時《どうじ》に『ついにきたんだ』と思《おも》った。

どうしてそう思《おも》ったのかは、わからなかった。

でもきっと、本当《ほんとう》に、あたしを苦《くる》しめに家《いえ》まできたにちがいない。自分《じぶん》が落《お》ちていくところを、あたしに見《み》せることで——。

「いやだ、こないでよ……！」

ぶんぶん、と、見《み》てしまったものをふりはらうように、あたしは頭《あたま》をはげしくふった。

どうして、こんなところまでくるの。

——見《み》れば。

スマホの時計《とけい》は、ちょうど2時間目《じかんめ》が半分《はんぶん》すぎたあたりの時間《じかん》を示《しめ》していた。

6

——電話《でんわ》で呼《よ》びだした緋宮《ひのみや》さんがきてくれたのは、夕方頃《ゆうがたごろ》のことだった。

ふとんに潜《もぐ》りこんでふるえていたあたしは、なんとかお母《かあ》さんの代《か》わりに鍵《かぎ》をあけ、緋《ひの》宮《みや》さんを部屋《へや》に招《まね》きいれた。

部屋《へや》にもどったとたん、足《あし》から力《ちから》が抜《ぬ》けて座《すわ》りこむ。

「水橋《みずはし》さん、だいじょうぶですか？」

「緋宮《ひのみや》さん、あたし、どうしよう……？」

怖《こわ》くて怖《こわ》くて、涙《なみだ》がにじんでくる。

目《め》を閉《と》じれば、真《ま》っ逆《さか》さまに落《お》ちていく女《おんな》の子《こ》の姿《すがた》が浮《う》かぶのだ。まとわりつくように。

「み、見《み》たの。今日《きょう》も、女《おんな》の子《こ》が落《お》ちていくところ！　ここ、学校《がっこう》じゃないのに！　あ、あたしの、家《いえ》なのに……」

「そうでしたかあ……」

あたしがうつむいていると、緋宮《ひのみや》さんがあたしの目《め》の前《まえ》にしゃがんだ。

うつむいたままのあたしの視界《しかい》のはしに、ふわりと黒《くろ》いロングヘアがゆれる。

「やっぱり、ここまできたんですね、彼女《かのじょ》は」

「……え？」

緋宮《ひのみや》さんの言葉《ことば》に、あたしは顔《かお》をあげた。彼女《かのじょ》はしずかな目《め》をして、あたしを見《み》ている。

「それ、どういう……」

まさか緋宮《ひのみや》さんは、あの女《おんな》の子《こ》がわたしの家《いえ》で『飛《と》びおりる』って、わかってたってこと？

「……今日《きょう》、少《すこ》し聞《き》いてまわったんですが、やっぱりうちの中学《ちゅうがく》で飛《と》びおりをした子《こ》なんていなかったそうです」

それにわたしも、飛《と》びおりた女《おんな》の子《こ》なんて、見《み》えませんでした。

緋宮《ひのみや》さんがそう言《い》って、目《め》をほそめる。それはそうだろう。だって、落《お》ちていった彼女《かのじょ》は、今日《きょう》はあたしの家《いえ》で飛《と》びおりをしたんだから。

「だから『それ』は『生霊《いきりょう》』じゃないかと、わたしは考《かんが》えました」

「生霊《いきりょう》って……生《い》きた人間《にんげん》の霊《れい》、のこと？」

「はい。生《い》きている人間《にんげん》の霊魂《れいこん》が、身体《からだ》から抜《ぬ》けだして自由《じゆう》に動《うご》きまわっているもの、とするのが一般的《いっぱんてき》ですね。幽体離脱《ゆうたいりだつ》、と言《い》うとイメージしやすいでしょうか？」

生霊《いきりょう》。生《い》きた人間《にんげん》の魂《たましい》。それが本当《ほんとう》なら、彼女《かのじょ》はどうして、飛《と》びおりなんか……。

そこまで考《かんが》えて、ハッとした。

あたしがはじめて、『アレ』を女《おんな》の子《こ》だと認識《にんしき》したとき、山田《やまだ》は学校《がっこう》を休《やす》んでいた。

「まさか、あれって」

——山田《やまだ》の生霊《いきりょう》、なの？

ぞっとして、あたしは思《おも》わず自分《じぶん》で自分《じぶん》の腕《うで》をだきしめた。

クラスぐるみで、無視《むし》をしたから？　となりの席《せき》なのに、助《たす》けてやらなかったから？

それを恨《うら》みに思《おも》って、飛《と》びおりる姿《すがた》を見《み》せることで『わたしは飛《と》びおりるほどつらいんだ』って、怨念《おんねん》の生霊《いきりょう》になって、あたしに見《み》せつけてるってこと？

でも、緋宮《ひのみや》さんはゆっくりと首《くび》をふった。

「う～ん、ちがうと思《おも》いますよ？　あなたが見《み》たのは、山田《やまだ》さんの生霊《いきりょう》ではありません」

「え……」

心《こころ》を読《よ》まれたようなタイミングでの言葉《ことば》に、またもぞっとする。

しかもなんで、ちがうクラスの緋宮《ひのみや》さんが、山田《やまだ》の名前《なまえ》をだすの？

うちのクラスの……無視《むし》、を知《し》らなかったら、でてこない言葉《ことば》だよね？

「そんなにおどろかないでください」緋宮《ひのみや》さんはあくまで可憐《かれん》な笑顔《えがお》のままで言《い》った。

「ご相談《そうだん》の解決《かいけつ》のために依頼人《いらいにん》の身《み》のまわりのことを調《しら》べるくらい、しています」

「あたしの、身《み》のまわりを……？」

「ええ。……そもそもちがうクラスだからといって、だれだれが主導《しゅどう》でだれを無視《むし》している、だれをいじめている、くらいのウワサは簡単《かんたん》に入《はい》ってきますよ」

「…………」

あたしはだまりこむ。

べつにあれはいじめ、じゃないし……。

「……山田《やまだ》じゃないなら、なんなの？　落《お》ちてるのは生霊《いきりょう》なんだよね？」

「そうですけど。でも落《お》ちていく女《おんな》の子《こ》が山田《やまだ》さんなら、水橋《みずはし》さんにだけ見《み》えるというのは変《へん》です。無視《むし》されたのを恨《うら》んでいるなら、ほかの人《ひと》にも見《み》えていいはずでしょう？」

「あ……」

それは、そうだ。女《おんな》の子《こ》が落《お》ちていくのを見《み》たのは、あたしだけ。

「それに、そもそも昨日《きのう》より前《まえ》――『なにかが落《お》ちていく光景《こうけい》』を見《み》ていた時《とき》、山田《やまだ》さんはちゃんと学校《がっこう》にいたでしょう？」

「そ、それは、でも……」

「**……ねえ、水橋《みずはし》さん**」

不意《ふい》に、緋宮《ひのみや》さんの声《こえ》が、低《ひく》くしずんだ。

「**本当《ほんとう》は、あの生霊《いきりょう》がだれなのか、うすうすわかってるんじゃないですか？**」

ひゅ、と、喉《のど》の奥《おく》で空気《くうき》がもれる音《おと》がした。

……なにを、言《い》ってるの？

「わかってるから、落《お》ちていく女《おんな》の子《こ》の正体《しょうたい》を、山田《やまだ》さんにしたいんでしょう？」

ちがいますか、と言《い》われて、心臓《しんぞう》がいやな音《おと》を立《た》てはじめた。

「だって水橋《みずはし》さん、一度《いちど》も『あの女《おんな》の子《こ》はだれ？』って聞《き》いたこと、なかったですもんねえ。ふつうはそこが一番気《いちばんき》になるはずなのに」

「やめて」

「にもかかわらず、それを口《くち》にださなかったのは、あなたが無意識《むいしき》に『女《おんな》の子《こ》』の正体《しょうたい》を悟《さと》っていたからですよ」

「やめてよ」

「あなたは『女《おんな》の子《こ》』の正体《しょうたい》をわかりたくなかった。だから、『女《おんな》の子《こ》』を山田《やまだ》さんだということにしたかった。……でもね、ちがうんですよ。『彼女《かのじょ》』は山田《やまだ》さんじゃない」

緋宮《ひのみや》さんが淡々《たんたん》とつづける。

「それであなたの過去《かこ》を調《しら》べてみたら、あることがわかりました」

心臓《しんぞう》の鼓動《こどう》が速《はや》くなる。口《くち》の中《なか》が急激《きゅうげき》にかわいていく。


「あなたが引《ひ》っ越《こ》す前《まえ》の学校《がっこう》でいじめられていた、あなたの『元《もと》』親友《しんゆう》の作山美波《さくやまみなみ》さん。

――あなたの引《ひ》っ越《こ》し後《ご》もいじめがつづいて、ついに学校《がっこう》の屋上《おくじょう》から飛《と》びおりたそうですよ。それも、ちょうど2時間目《じかんめ》が半分《はんぶん》すぎたあたりの時刻《じこく》に」

7

「み……美波《みなみ》が……飛《と》びおり？」

まさか、そんな。

それに。……あたしは呆然《ぼうぜん》と、目《め》の前《まえ》の緋宮《ひのみや》さんを見《み》る。

「あの影《かげ》、美波《みなみ》だったの？」

◇
◆
◇

——そう、作山美波《さくやまみなみ》はあたしの親友《しんゆう》だ。親友《しんゆう》、『だった』。

美波《みなみ》は運動神経《うんどうしんけい》がよくて、いつも笑顔《えがお》の子《こ》だった。

あたしも運動《うんどう》が好《す》きで、ソフトボールチームでピッチャーをやっていた。美波《みなみ》はよく試《し》合《あい》の応援《おうえん》にきてくれてて、「ピッチャーやってるユキ、すごい！」と言《い》っていた。

……でも、ある日《ひ》、あたしが入《はい》っていたチームの監督《かんとく》が、美波《みなみ》をスカウトした。

監督《かんとく》にスカウトされた美波《みなみ》は、そのままめきめきと上手《うま》くなって、ついにピッチャーになった。試合《しあい》にでる数《かず》も多《おお》くなって——最終的《さいしゅうてき》には、美波《みなみ》がチームの主力投手《しゅりょくとうしゅ》になった。

信《しん》じられなかった。

信《しん》じたくなかった。

だってあたしはチームに入《はい》って以来《いらい》ずっと、レギュラーピッチャーをやってきたんだ。

ぽっと出《で》のやつのせいで、小学校最後《しょうがっこうさいご》の夏《なつ》をベンチで過《す》ごさなきゃいけないなんて、ありえない。

『ごめん、ユキ。でも、ポジション争《あらそ》いは……正々堂々《せいせいどうどう》の戦《たたか》いだから』

補欠《ほけつ》のユニフォームをもらったあたしに、レギュラーのユニフォームをもらった美波《みなみ》は、申《もう》しわけなさそうに言《い》った。

……なにが正々堂々《せいせいどうどう》の戦《たたか》いだ。あんたさえいなければ、そのレギュラーのユニフォームは、あたしのものだったのに！

そう思《おも》ったらたまらなくなって、あたしはチームをやめた。

だって、あのままチームにいるのは、みじめでしかたない。

そうやって日々《ひび》を、ユーウツに過《す》ごしていたら――その時《とき》のクラスの中心《ちゅうしん》にいた、華《はな》やかな子《こ》――ありさが話《はな》しかけてきたんだ。

『どうしてソフトボール、やめちゃったの？』って。

怒《いか》りと、悲《かな》しみと、悔《くや》しさで頭《あたま》がいっぱいだったあたしは、ありさにこう言《い》ってしまった。……美波《みなみ》が悪《わる》いの。ピッチャーやってるあたしをかっこいいって言《い》ってたのに、あたしからピッチャーの座《ざ》をうばった。

——あの裏切《うらぎ》り者《もの》が、全部悪《ぜんぶわる》いんだ！

そこまで言《い》ってしまってから、あたしはハッとした。こんなことまで言《い》うつもりはなかったのに、って真《ま》っ青《さお》になってるあたしに、ありさは言《い》った。

『そっか……じゃあ、裏切《うらぎ》り者《もの》にはバツを与《あた》えなきゃね！』

その時《とき》、ようやく思《おも》いだしたんだ。

ありさは、運動神経《うんどうしんけい》がよくて人気者《にんきもの》の美波《みなみ》のことを、きらってたんだって。

そうしていじめは始《はじ》まった。

初《はじ》めは無視《むし》をするだけだったけど、いじめはだんだんエスカレートしていった。

「美波《みなみ》はクラスメイトで親友《しんゆう》のあたしに、『助《たす》けて』って視線《しせん》を何度《なんど》も何度《なんど》も送《おく》ってきた。

でも、あたしは全部無視《ぜんぶむし》した……」

あんたのせいであたしはチームをやめる羽目《はめ》になったんだから。

とうぜんのバツでしょって、思《おも》ってた。

「それで、ある日《ひ》……美波《みなみ》が大切《たいせつ》な試合《しあい》にでるって、知《し》って。あたし、それをグループの子《こ》に言《い》ったんだ」

それを聞《き》いたありさは、階段《かいだん》で美波《みなみ》の足《あし》をひっかけようと言《い》いだした。

それで美波《みなみ》は、転《ころ》んで足《あし》の骨《ほね》を折《お》る大《おお》ケガをして、一番大切《いちばんたいせつ》な試合《しあい》もでられなくなった。

——彼女《かのじょ》に美波《みなみ》の試合《しあい》のことを話《はな》したら、美波《みなみ》をケガさせてやろうって話《はなし》になるかもしれないってこと、あたしはちゃんとわかってた。

でも、ざまあみろ。そう思《おも》った。

あたしから大切《たいせつ》なものをうばったから。あたしを裏切《うらぎ》ったから、そんな目《め》にあうんだって。

「……でも、そんな。屋上《おくじょう》から飛《と》びおりたなんて、あたし……」

「ご両親《りょうしん》の都合《つごう》で引《ひ》っ越《こ》したから、知《し》らなかったんですよね。命《いのち》はとり留《と》めたようですが、ずっと意識《いしき》がなく、昏睡状態《こんすいじょうたい》のようです」

緋宮《ひのみや》さんが、なにやら書類《しょるい》をめくりながら言《い》う。

「でも……じゃあ、美波《みなみ》はあたしを恨《うら》んでたから、ずっとあたしの前《まえ》で飛《と》びおりをしつづけてみせてたってこと？」

――わたしは、ユキのせいで飛《と》びおりをするんだ。

それだけを伝《つた》えるために、何度《なんど》も何度《なんど》も？

「ええ、まあ、そうですね。意識《いしき》がないので、あなたになんらかの意思表示《いしひょうじ》をするには、生霊《いきりょう》となってあなたのもとにあらわれるほかなかったんでしょう」

「そんなの、おかしい。変《へん》じゃん」

だって、あたしを最初《さいしょ》に裏切《うらぎ》ったのは美波《みなみ》のほうなのに。

そもそも、あいつを飛《と》びおりまで追《お》いつめたのは、あたしじゃないのに。

「……そうですねえ。まあ、彼女《かのじょ》の思《おも》いもいろいろフクザツでしょうけど」緋宮《ひのみや》さんはにっこり笑《わら》うと、1枚《まい》の白《しろ》い紙《かみ》をとりだした。「ここに調査結果《ちょうさけっか》をまとめてみたので、【指示《しじ》】にしたがって行動《こうどう》してくださいね」

そうすればもう、あれは見《み》なくなりますよ。

あっけらかんとそう言《い》う彼女《かのじょ》に、あたしはまゆを寄《よ》せた。

「……あんた、なんで、そんなに平然《へいぜん》としてるの？　なにも気《き》にしないの？」

美波《みなみ》はあたしを裏切《うらぎ》った。だから、いじめられたのは美波《みなみ》のせい。でも他人《たにん》には……親《しん》友《ゆう》を売《う》ったんだって、そう思《おも》われるかもとは思《おも》ってたのに。

しかし、緋宮《ひのみや》さんはきょとんとした様子《ようす》だ。

「──**わたしが、なにを気《き》にしなくちゃいけないんですか？**」

「えっ？」

あたしが目《め》を丸《まる》くすると、緋宮《ひのみや》さんは首《くび》をかしげた。

「わたしはべつに、あなたがどんな人間《にんげん》だろうと……いじめっ子《こ》だろうと逆恨《さかうら》みの卑怯者《ひきょうもの》だろうと、割《わり》とどうでもいいんです。大切《たいせつ》なのは、契約《けいやく》を守《まも》っていただけるかだけ」

「は……!?」

ちょっと待《ま》て。こいついま、あたしを逆恨《さかうら》みの卑怯者《ひきょうもの》って言《い》った？

「契約《けいやく》が……約束《やくそく》が破《やぶ》られない限《かぎ》り、わたしはきちんと役目《やくめ》を果《は》たす。それだけです」

緋宮《ひのみや》さんはにっこりとほほえんだ。そして、紙《かみ》を再度《さいど》こちらに差《さ》しだす。

『調査《ちょうさ》の結果《けっか》、今回《こんかい》の件《けん》は**【怪異性《かいいせい》アリ】**と判断《はんだん》しました。契約《けいやく》にしたがって、以下《いか》の指《し》示《じ》を厳守《げんしゅ》してください。

【指示《しじ》】作山美波《さくやまみなみ》の生霊《いきりょう》に、「裏切《うらぎ》り者《もの》」と告《つ》げないこと。非常《ひじょう》に刺激《しげき》する恐《おそ》れがあります。

【助言《じょげん》】作山美波《さくやまみなみ》の病院《びょういん》を訪《たず》ね、彼女《かのじょ》に謝罪《しゃざい》をすること。1年《ねん》2組《くみ》で行《おこな》われている、山田《やまだ》朱莉《あかり》へのいじめをやめること』

あたしはわなわなとふるえながら、紙《かみ》に書《か》かれてる文字《もじ》を読《よ》む。

なんなのこれ？　美波《みなみ》に「裏切《うらぎ》り者《もの》」と告《つ》げない？　病院《びょういん》に行《い》って謝罪《しゃざい》？　いじめをやめる？

……意味《いみ》わかんない。ギリ、と歯《は》を食《く》いしばる。

「ふざけんなっ！」

あたしは緋宮《ひのみや》せいらから紙《かみ》をうばいとると、ビリビリに破《やぶ》いた。

緋宮《ひのみや》せいらはきょとんとした顔《かお》になると、「あらら」と紙《かみ》の破片《はへん》を拾《ひろ》いあげる。

「ごめんなさい、怒《おこ》らせちゃいました？　……でも、【指示《しじ》】はちゃんと守《まも》ってもらわないといけないので、この紙《かみ》は予備《よび》を念《ねん》のためわたしておきますね」

「そんな紙《かみ》、いるわけないでしょ！」

紙片《しへん》を手《て》にした緋宮《ひのみや》せいらの手《て》を、バシッとはたく。

「あんたの言《い》うことになんて、だれがしたがうか！　もうでてけ！」

……どいつもこいつも、あたしのことを悪者扱《わるものあつか》いして。

悪《わる》いのは、あたしを裏切《うらぎ》った、美波《みなみ》のはずじゃん。

緋宮《ひのみや》はしばらく冷《さ》めた目《め》であたしを見《み》ていたけど、やがて、「じゃあ、わたしはこれで」と言《い》って、しずかに家《いえ》をでていった。

8

イライラする。イライラしてしょうがない。

あの、飛《と》びおりの女《おんな》が美波《みなみ》の生霊《いきりょう》だって言《い》われた時《とき》から、イライラがおさまらない。

あたしじゃなくて、悪《わる》いのは美波《みなみ》なのに。

（なにが逆恨《さかうら》みの卑怯者《ひきょうもの》よ……！）

あたしはつぎの日《ひ》から学校《がっこう》へ行《い》くことにした。一晩《ひとばん》ずっと考《かんが》えてたけど、怖《こわ》さよりもイライラが勝《か》ったからだ。

それに――家《いえ》にいたってあいつが目《め》の前《まえ》で飛《と》びおりてくるなら、どこにいたって一緒《いっしょ》だ。

「おはよー。あ、ユキ、もう具合《ぐあい》いいの？」

「あ、うん。ありがとまりあ、もうだいじょうぶ！」

声《こえ》をかけてきたまりあに笑顔《えがお》をつくってみせる。

「あ、お、おはよう、ユキちゃん」

声《こえ》をかけてくる山田《やまだ》のことも、見《み》ないふり。

……というか、またこいつ、学校《がっこう》にきたんだ。もうこないかと思《おも》ってた。

思《おも》いのほか立《た》ちなおりがはやいらしい山田《やまだ》に、美波《みなみ》の顔《かお》が重《かさ》なる。

あいつも、たまに休《やす》みはしても、すぐに学校《がっこう》にこようとしてたっけ。行《い》かなきゃずっと休《やす》みつづけちゃうから、とかなんとかで。

……あたし、本当《ほんとう》は、それがうざったくてしょうがなかったんだよね。

被害者《ひがいしゃ》ヅラするなよ、裏切《うらぎ》り者《もの》のくせに、って。

「……むかつくなあ」

「えっ」

思《おも》わず、声《こえ》にでた。

たぶん、山田《やまだ》と美波《みなみ》をかさねたからだろう。イライラが頭《あたま》のてっぺんまできて、こらえきれなくなった。

「話《はな》しかけてこないでよ。あんたのせいで迷惑《めいわく》してんの、わかんないの？」

山田《やまだ》がショックを受《う》けたように固《かた》まる。

あたしはその表情《ひょうじょう》を見《み》るのも腹立《はらだ》たしくて、ふいと顔《かお》をそむけた。

昨日《きのう》までは、山田《やまだ》を無視《むし》するのが少《すこ》し苦《くる》しかったような気《き》がしてたけど、もうちがう。

——だって、まりあを裏切《うらぎ》ったこいつが悪《わる》いんだ。

美波《みなみ》があたしを裏切《うらぎ》ったみたいに。

そしてやっぱり、2時間目《じかんめ》の半分《はんぶん》くらいに女《おんな》の子《こ》が窓《まど》の外《そと》を落《お》ちていったけど、それも無視《むし》した。気味《きみ》は悪《わる》いけど、あいつはなにかしてくるわけじゃない。ただ、見《み》せつけるように飛《と》びおりるだけ。

それだって、カーテンを閉《し》めれば見《み》えなくなる。

「バカバカし」

――なんだ。ただ、それだけのことだったんじゃん。

あんな契約書《けいやくしょ》にサインなんかしなくたって、見《み》なければいいだけだったんだ。

しだいにあたしは、飛《と》びおりつづける『生霊《いきりょう》』のことなんて、気《き》にしなくなっていった。

9

――そして、山田《やまだ》への無視《むし》は、だんだんいやがらせに変《か》わっていった。

持《も》ち物《もの》を隠《かく》したり、壊《こわ》したり、汚《よご》したり。水《みず》をかけて、笑《わら》いものにしたり。

郵便はがき

料金受取人払郵便

神田局承認

6609

差出有効期間
2025年
5月31日まで

101-8051

050

神田郵便局郵便私書箱４号

集英社みらい文庫

2025春読フェア係 行

みらい文庫2025春読フェアプレゼント

抽選で「霧島くんは普通じゃない」限定図書カード(2,000円分) 200名に当たる!!

応募方法 このアンケートはがきに必要事項を記入し、帯の右下についている応募券を1枚貼って、お送りください。

発表：賞品の発送をもってかえさせていただきます。

しめきり：2025年5月31日(土)

ここに応募券を貼ってね！

みらい文庫
春読フェア
プレゼント
2025
応募券
250531

ご住所（〒　　－　　）

☎　（　　）

お名前

スマホを持っていますか？
はい ・ いいえ

学年（　　年）　年齢（　　歳）

性別（ 男 ・ 女 ・ その他 ）

この本（はがきの入っていた本）
のタイトルを教えてください。

いただいた感想やイラストを広告、HP、本の宣伝物で紹介してもいいですか？

1. 本名でOK　2. ペンネーム（　　　　　　）ならOK　3. いいえ

※お送りいただいた方の個人情報を、本企画以外の目的で利用することはありません。資料として処理後は、破棄いたします

※差出有効期間を過ぎている場合は、切手を貼ってご投函ください。

これからの作品づくりの参考とさせていただきますので、下の質問にお答えください。

★この本を何で知りましたか?

1. 書店で見て　2. 人のすすめ（友だち・親・その他）　3. ホームページ
4. 図書館で見て　5. 雑誌、新聞を見て（　　　　　　　　）
6. みらい文庫にはさみ込まれている新刊案内チラシを見て
7. YouTube「みらい文庫ちゃんねる」で見て
8. その他（

★この本を選んだ理由を教えてください。（いくつでもOK）

1. イラストが気に入って　2. タイトルが気に入って　3. あらすじを読んでおもしろそうだった　4. 好きな作家だから　5. 好きなジャンルだから
6. 人にすすめられて　7. その他（　　　　　　　　）

★好きなマンガまたはアニメを教えてください。（いくつでもOK）

★好きなテレビ番組を教えてください。（いくつでもOK）

★好きなYouTubeチャンネルを教えてください。（いくつでもOK）

★好きなゲームを教えてください。（いくつでもOK）

★好きな有名人を教えてください。（いくつでもOK）

★この本を読んだ感想、この本に出てくるキャラクターについて自由に書いてください。イラストもOKです♪

でも、まりあの好《す》きな人《ひと》をうばおうとした山田《やまだ》が悪《わる》いから。これは、バツなんだ。

「ふう……」

あたしはまりあに言《い》われて、昇降口《しょうこうぐち》にあった山田《やまだ》の上《うわ》ばきをかくした。

いまは、2時間目《じかんめ》のまっただ中《なか》。

授業中《じゅぎょうちゅう》なのにどうして昇降口《しょうこうぐち》にこられたのかというと、体育《たいいく》の時間《じかん》だからだ。それも、校舎《こうしゃ》の外周《がいしゅう》をきめられた回数分走《かいすうぶんはし》る、マラソンの時間《じかん》。

外周《がいしゅう》マラソンをしている間《あいだ》は、先生《せんせい》は生徒《せいと》みんなの様子《ようす》に目《め》を配《くば》れない。

だからこの時間《じかん》は、先生《せんせい》の目《め》を盗《ぬす》んでサボるのにうってつけなんだよね。

「……そろそろコースにもどっ」


どしゃり。

すると――あたしの独《ひと》り言《ごと》をさえぎるようなタイミングで、昇降口《しょうこうぐち》からでようとしたあたしの目《め》の前《まえ》に、なにかが落《お》ちてきた。

それは、人《ひと》だった。

腕《うで》と足《あし》がおかしな方《ほう》にまがってる。じわじわと、身体《からだ》の下《した》に血溜《ちだ》まりができていく。

「あ……あ」

声《こえ》がでなかった。

（な……なんで）

いままでだって、こんなの、見《み》たことなかったのに。こんな、音《おと》だって、しなかったのに。

あたしはゆっくりゆっくりとあとずさり、ばっと校舎《こうしゃ》の中《なか》にかけこむ。なにかに追《お》い立《た》てられるように階段《かいだん》を上《のぼ》り、屋上《おくじょう》につながる扉《とびら》の前《まえ》で、はあはあ息《いき》をつく。

「なんなのよ……！」

あれは――美波《みなみ》だ。

美波《みなみ》の生霊《いきりょう》が目《め》の前《まえ》に落《お》ちたんだ。

手足《てあし》が折《お》れまがって、血《ち》がでて。美波《みなみ》はあんなふうにして屋上《おくじょう》から地面《じめん》にたたきつけられたんだろうか。

（あ、あたしが「アレ」を美波《みなみ》だって、認識《にんしき》したから？）

だから、あんなふうにリアルになったの？　美波《みなみ》の生霊《いきりょう》に、自分《じぶん》が飛《と》びおりたときの姿《すがた》を見《み》せられたってことなの？

「〜〜〜〜ッ」

ゾッとして、でもそれ以上《いじょう》にひどく腹《はら》がたった。

……どうしてあたしがあんなものを見《み》なきゃいけないの？

「もういい加減《かげん》にしてよ！」

さけびながら扉《とびら》をあけはなち、無人《むじん》の屋上《おくじょう》にまろびでる。

「あんたが勝手《かって》に飛《と》びおりたこと、人《ひと》のせいにしないでくれる⁉」

ずかずか、と、いつもあいつが『飛《と》びおり』をしてみせている場所《ばしょ》まで歩《ある》いていく。

そして、思《おも》い切《き》りフェンスをけとばしてやった。

「この——裏切《うらぎ》り者《もの》！」

ふんっ、と、鼻《はな》を鳴《な》らして。瞬間《しゅんかん》。

声《こえ》が。

『どうして』『なんで無視《むし》なんて』『わたしのせい？』

『もういじめなんてやめて』『こんどこそやめてよ』

『山田《やまだ》さんって子《こ》がかわいそう』『わたしみたいに苦《くる》しむ子《こ》をつくらないで』

『どうして』『助《たす》けてくれなかった』

『友達《ともだち》なのに』『親友《しんゆう》だったのに』『見《み》て見《み》ぬふり』『ひどい』

『なんで』『なんで』『なんで』『なんで』『なんで』『なんで』

『なんで』『なんで』『なんで』『なんで』『なんで』

『裏切《うらぎ》り者《もの》は　そっちでしょ』

「……え？」

刹那《せつな》。とん、と背中《せなか》を押《お》される感覚《かんかく》があった。

フェンスが、けっとばした拍子《ひょうし》にゆがんで、外《はず》れる。

ぐらり、とかしいだ身体《からだ》が、宙《ちゅう》にほうりなげられる。視界《しかい》いっぱいに地面《じめん》がひろがって——。

10

救急車《きゅうきゅうしゃ》の中《なか》に、女子生徒《じょしせいと》をのせた担架《たんか》が運《はこ》びこまれていく。

屋上《おくじょう》から人《ひと》が落《お》ちたらしい。1年《ねん》1組《くみ》の生徒《せいと》たちもざわめいている。

「契約違反《けいやくいはん》は困《こま》りますねえ。なんのための【指示《しじ》】だと思《おも》ってるんでしょう？」

きちんと【指示《しじ》】にしたがって、【助言《じょげん》】にあったことを実行《じっこう》していれば、大人《おとな》しくあの生霊《いきりょう》も消《き》えただろうに、と思《おも》う。……なんせアレは、親友《しんゆう》に『裏切《うらぎ》られた』恨《うら》みと、山《やま》田朱莉《だあかり》への同情《どうじょう》で存在《そんざい》していたようなものだったのだから。

だからわざわざ、水橋《みずはし》ユキの前《まえ》で飛《と》びおりをくりかえしていた。

「まあ、どうでもいいんですけど、契約違反者《けいやくいはんしゃ》のことなんて」

「あららあ……」

――だって、わたしにとってなにより大事《だいじ》なのは、契約《けいやく》をとることですから。

「九十九《きゅうじゅうきゅう》まで、あと少《すこ》し……」

いとおしむように、赤《あか》い契約書《けいやくしょ》をなでる。

つぎの瞬間《しゅんかん》、その契約書《けいやくしょ》は――黒《くろ》い炎《ほのお》に包《つつ》まれた。

「ふふ」

炎《ほのお》にくるまれ、ちりとなって消《き》えゆく契約書《けいやくしょ》を見《み》つめながら、小《ちい》さくつぶやく。

「**待《ま》っててね、カイ。お姉《ねえ》ちゃんがかならず、あなたを助《たす》けてみせるから**」

Shinitaku
nai nara
Sign shite

2枚《まい》目《め》 ニセモノ

1

……最近《さいきん》、妙《みょう》な違和感《いわかん》がつきまとう。クラス内《ない》では特《とく》にそうだ。

はじめにおかしいと感《かん》じたのは、ロングホームルームの時間《じかん》に、年度始《ねんどはじ》めにある球技大《きゅうぎたい》会《かい》の種目《しゅもく》ぎめをした時《とき》のこと。

チームごとに点呼《てんこ》をしたとき、リストにいるメンバーしかいないはずなのに、どうしても数《かず》が合《あ》わなかった。

それから、持《も》ち物《もの》。

どうも持《も》ち物《もの》が減《へ》ったり、増《ふ》えたりしている気《き》がする。特《とく》に、文房具《ぶんぼうぐ》とか。「あれ？こんなシャーペン持《も》ってたっけ？」とか、「あの消《け》しゴムどこやったっけ？」とかが、最《さい》近《きん》よくある。

それから、視線《しせん》。……最近《さいきん》、なんだかずっと視線《しせん》を感《かん》じるんだよな。

学校《がっこう》の中《なか》だけでなく、最近《さいきん》は帰《かえ》り道《みち》とかでも、だれかにじーっと見《み》られている気《き》がする。

正体《しょうたい》のわからない、なにかに——。

「やだ翔《しょう》、それってなにか……憑《つ》いてるんじゃないの？」

——放課後《ほうかご》の生徒《せいと》会室《かいしつ》。

書《か》き物《もの》をしながら生徒会役員《せいとかいやくいん》たちに『最近《さいきん》の違和感《いわかん》』の話《はなし》をしたら、副会長《ふくかいちょう》で、同《おな》じ3年生《ねんせい》の古賀雅《こがみやび》がいやそうに言《い》った。

「だいじょうぶだって、ふたりとも気《き》にしすぎ」

書記《しょき》の河野葉介《こうのようすけ》が苦笑《くしょう》する。「持《も》ち物《もの》の件《けん》だってただの気《き》のせいだろ、翔《しょう》ってわりとおっちょこちょいだし」

「うるさいな……」

おっちょこちょいはそのとおりだけどさ。いつも妹《いもうと》の美菜《みな》に叱《しか》られているくらいだし。

「なあ、雅《みやび》は最近《さいきん》そういう違和感《いわかん》とかない？　視線《しせん》感《かん》じたり、変《へん》なことがあったりとか！」

「ええ？　私《わたし》？　私《わたし》はねえ……」

雅《みやび》が右手《みぎて》の指《ゆび》に、栗色《くりいろ》の長《なが》い髪《かみ》をくるくると巻《ま》きつけながら、首《くび》をかしげる。

髪《かみ》を指《ゆび》に巻《ま》きつけるのは、雅《みやび》がよくやるクセだ。

華《はな》やかな美人《びじん》で明《あか》るい雅《みやび》は、学校《がっこう》の人気者《にんきもの》。地毛《じげ》だというつやつやの栗色《くりいろ》の髪《かみ》は、お母《かあ》さんゆずりだそうだ。

「あ、でも言《い》われてみれば、変《へん》だなーって思《おも》ったこと、最近《さいきん》あったかも」

「おいおい、マジかよ」

翔《しょう》に乗《の》っかってるだけじゃねえの、とニヤニヤする葉介《ようすけ》に、雅《みやび》が「ちがうって」と言《い》って腕《うで》を組《く》んだ。

「翔《しょう》の話《はなし》を聞《き》いてると、私《わたし》にも身《み》に覚《おぼ》えがあるなって思《おも》ったの。前《まえ》にクラスで、ドッジボールでもやらないかって言《い》って、人数《にんずう》を数《かぞ》えた時《とき》のことなんだけど……」

——雅《みやび》の話《はなし》はこうだった。

まず、休《やす》み時間《じかん》に、ドッジボールをしたいというクラスメイト12人《にん》を集《あつ》めた。雅《みやび》を含《ふく》めて13人《にん》だったから、審判《しんぱん》をひとりいれようか、ということになった。

そして、じゃんけんで審判《しんぱん》をきめて、グラウンドにでて、いざドッジボールをしよう、となった時《とき》。

審判《しんぱん》がひとり、一方《いっぽう》のチームが5人《にん》、もう一方《いっぽう》のチームが6人《にん》と、いつの間《ま》にか12人《にん》になっていたのだという。

「え……それって、数《かぞ》えまちがいとかじゃなくて？」

「ううん、ぜったいに私《わたし》ふくめて13人《にん》だった。だから、奇数《きすう》だとチームの人数《にんずう》に差《さ》がでちゃうねって言《い》って、審判《しんぱん》をつくろうってことになったんだもん」

まちがえるはずない、と言《い》う雅《みやび》に、ぞーっとする。

「それに、思《おも》いだそうとしてみても、のこりのひとりがだれだったのか、ぜんぜん思《おも》いだせないんだよね。はじめから私《わたし》ふくめて12人《にん》しかいなかったみたいに……」

「うっわ、マジっぽすぎ……笑《わら》えねえ……」

自分《じぶん》を自分《じぶん》で抱《だ》きしめるようにして、葉介《ようすけ》がふるえた声《こえ》で言《い》う。

「だってマジだもん」

そうこたえる雅《みやび》はくちびるをとがらせる。

——同《おな》じだ。

球技大会《きゅうぎたいかい》の種目《しゅもく》ぎめの時《とき》にオレが覚《おぼ》えた違和感《いわかん》も、そんな感《かん》じだった。

確実《かくじつ》に数《かぞ》えたはずなのに、あとからひとりたりなくなる。

それで、だれがたりないのか、全《まった》く思《おも》いだせない——。

「数《かぞ》えたのに数《かず》がちがうとかって、怪談《かいだん》でよく見《み》るけど、マジであるんだな……。でも、なぜかひとり増《ふ》えてる、じゃなくて減《へ》ってる、っていうのが、よくあるタイプの怪談《かいだん》とはちがう気《き》がするけど」

「たしかに」

クラスには30人《にん》しかいないはずなのに、31人《にん》いる。

でも増《ふ》えたやつがだれなのかわからない……みたいなやつだ。

いまは実害《じつがい》があるわけじゃないし、不気味《ぶきみ》ではあるけど怖《こわ》いというほどでもないかもしれない。でも、なにか怨霊《おんりょう》のようなものがうちの学校《がっこう》にいたとして、そいつがイタズラをしているのだとしたら。

本当《ほんとう》にいまのまま、ただ不気味《ぶきみ》なだけ、で済《す》むんだろうか——とも思《おも》う。

「で？」

葉介《ようすけ》がこんどはオレを見《み》た。「いまはその視線《しせん》とやらは感《かん》じてねぇわけ？」

「ああ」

うなずくと、ふーん、とつぶやいた葉介《ようすけ》が肩《かた》をすくめてみせた。

「ま、あんまり気《き》になるようならお祓《はら》い行《い》けよ。気休《きやす》めくらいにはなるだろ」

「そうだな。もう少《すこ》し様子《ようす》見《み》て、ヤバそうならお祓《はら》い行《い》ってみるよ。……あ、そうだ。その時《とき》は雅《みやび》も一緒《いっしょ》に行《い》こう」

「！　うんっ」

声《こえ》を掛《か》けると、雅《みやび》はぱっと顔《かお》をかがやかせて、いきおいよくうなずいた。

あと葉介《ようすけ》がなんか妙《みょう》にニヤニヤしてたけど、なんなんだ、まったく。

2

——数日《すうじつ》経《た》ったが、日常《にちじょう》のちょっとしたことで違和感《いわかん》を覚《おぼ》えるのは変《か》わらなかった。

たとえばいつかの昼休《ひるやす》み、サッカーでもしないかという話《はなし》になったときのこと。

教室《きょうしつ》で人数《にんずう》集《あつ》めをして、メンバーを11人《にん》きっかりそろえた。

けど、数《かぞ》えなおしたらひとり減《へ》ってたんだ。……はじめに数《かぞ》えた時《とき》はまちがいなく、11人《にん》いたはずなのに、だ。

——雅《みやび》の、ドッジボールの時《とき》の話《はなし》と同《おな》じだ。

やっぱり、なにかがおかしい。

……視線《しせん》も、やっぱり変《か》わらない。

実害《じつがい》はないんだけど、変《へん》な感《かん》じはする。やっぱりオレ、なんかに憑《つ》かれてるのかな……。

◇◆◇

「翔《しょう》、やっぱりお祓《はら》い行《い》った方《ほう》がいいんじゃね？」

「かもな～」

会長《かいちょう》のデスクで書類《しょるい》をまとめながら、はあ、とため息《いき》をつく。

あきれたような顔《かお》をしている葉介《ようすけ》だが、心配《しんぱい》してくれてることは伝《つた》わってきて、少《すこ》し申《もう》しわけなくなってくる。

実害《じつがい》はたしかにないけど、精神的《せいしんてき》につかれてきているのはたしかだ。

「あの、失礼《しつれい》します。届《とど》けものがあってきました」

「はい、どうぞ〜！」

ノックとともに扉《とびら》の外《そと》から声《こえ》がしたかと思《おも》えば、雅《みやび》がすぐに返事《へんじ》をしてくれる。

さすが副会長《ふくかいちょう》、と思《おも》っていると、入《はい》ってきたふたりの女子生徒《じょしせいと》に目《め》を丸《まる》くした。

ひとりは、妹《いもうと》の美菜《みな》。こっちはいい。

けどもうひとりの、ウェーブがかかったロングヘアをした、儚《はかな》げな雰囲気《ふんいき》の女子《じょし》を見《み》て、オレはおどろいてしまった。

「**わ、すっげえ美人《びじん》……**」

思《おも》わずといったように、葉介《ようすけ》がつぶやく。

そう、その子《こ》はハッと息《いき》をのむくらい、きれいな顔立《かおだ》ちをしていたんだ。

波打《なみう》つ黒髪《くろかみ》はつやつやとしていて、肌《はだ》は雪《ゆき》のように真《ま》っ白《しろ》。

う、うわー。あんなきれいな子《こ》、この学校《がっこう》にいたのか。

こちらの視線《しせん》に気《き》がついたのか、彼女《かのじょ》は「あ」というような顔《かお》をする。

そして、まるで花《はな》がほころぶように笑《わら》った。

「これ、風紀委員会《ふうきいいんかい》の日誌《にっし》です。委員長《いいんちょう》から、もっていくように頼《たの》まれました」

「あ、うん。ありがとう」

どうやら彼女《かのじょ》は風紀委員《ふうきいいん》で、委員長《いいんちょう》のおつかいでここにきたらしい。

そして、そっと美菜《みな》に視線《しせん》を移《うつ》した。

「……で？　おまえの方《ほう》はなんの用《よう》なんだよ」

「わたしはこの子《こ》のつきそい。緋宮《ひのみや》せいらちゃん、すっごい美人《びじん》だから。お兄《にい》ちゃんとか河野先輩《こうのせんぱい》とかになにかされちゃったらって、心配《しんぱい》でついてきたの！　なんか文句《もんく》ある？」

「なにかってなんだよなにかって……」

妹《いもうと》の生意気《なまいき》な態度《たいど》に、ため息《いき》をつく。

……でも、そっか。緋宮《ひのみや》さん、っていうんだ、この子《こ》。

「ちょっと、翔《しょう》。ジロジロ見《み》すぎじゃない？」

「えっ？　いやそんな……」

こちらをじっとりとにらむような目《め》で見《み》てくる雅《みやび》。

いや、べつにヨコシマな気持《きも》ちがあったわけじゃないし！

「ほらーお兄《にい》ちゃん、さっそくせいらちゃんに見《み》とれてるし。わたしの友達《ともだち》に色目使《いろめつか》わないでよね～」

「ふふ、美菜《みな》ちゃんったら」

さもおかしそうに、彼女《かのじょ》はくすくすと可憐《かれん》に笑《わら》う。

「そんなに心配《しんぱい》しなくても、わたし、お兄《にい》さんをとったりしませんから」

「は!?　ちがうって、わたしが心配《しんぱい》してるのはせいらちゃん！　お兄《にい》ちゃんなんて、べつにどーだっていいし！」

「おいコラ……」

「もう、そんなにてれ隠《かく》ししないでください。お兄《にい》ちゃんの様子《ようす》がおかしいからどうにかできないかって、わたしに相談《そうだん》してきたのは美菜《みな》ちゃんでしょう？」

えっ？

その言葉《ことば》に目《め》をみはると、美菜《みな》はぱっと赤《あか》くなって、「べ、べつに心配《しんぱい》とかじゃないし！」と言《い》って、口《くち》をとがらせた。

「……でもほら、お兄《にい》ちゃん最近《さいきん》ずっと微妙《びみょう》に顔色悪《かおいろわる》いし。なんかため息《いき》も多《おお》いし、昨日《きのう》なんかお祓《はら》いができる神社《じんじゃ》をネットで調《しら》べたりしてたし。なんかお化《ば》けにでも憑《つ》かれてるのかなー、なんて思《おも》ったりして」

「え、じゃあ心配《しんぱい》したわけ？　おまえがオレを？　意外《いがい》……」

「はあ!?　べ、べつに心配《しんぱい》とかじゃないし……！」

素直《すなお》じゃないなー。

妹《いもうと》の態度《たいど》にちょっとニヤニヤしていると、「でも実際《じっさい》におかしなことは起《お》きてるらしいよ」と、葉介《ようすけ》が横《よこ》から口《くち》をはさんだ。

「なにか変《へん》なのに憑《つ》かれてるんじゃないかって、オレたちで心配《しんぱい》してるんだよ」

こいつ、勝手《かって》に……。

オレが葉介《ようすけ》をにらむと、美菜《みな》は「やっぱりなにかあったんだ」とつぶやいてまゆを寄《よ》せた。

「いつからなの？」

「……最近《さいきん》だよ。おかしなことが身《み》のまわりでよく起《お》きるんだ。なにかに見《み》られてるって感《かん》じたり、その場《ば》にいる人間《にんげん》を数《かぞ》えたらなぜかひとり減《へ》ってたり、とか……」

「お兄《にい》ちゃんの勘違《かんちが》いじゃなくて？」

「勘違《かんちが》い説《せつ》をオレも推《お》してる。でも何度《なんど》も起《お》こるとこう、さあ……」

肩《かた》をおとすと、美菜《みな》は「うわあ」と不気味《ぶきみ》そうな声《こえ》を漏《も》らす。

言《い》っとくけど、オレの方《ほう》がいやなんだからな、この状況《じょうきょう》。

「――こんな感《かん》じらしいんだけど、せいらちゃん、これ、どうにかできる？」

そこでふと、美菜《みな》がとなりにいた彼女《かのじょ》に声《こえ》をかけた。

「もしどうにかできそうなら兄貴《あにき》の悩《なや》み、解決《かいけつ》してやってくれないかな？」

「……は？」

どういうことだ？

話《はな》が読《よ》めなくて、まゆをひそめる。

……いや、そういえばさっきも、『お兄《にい》ちゃんの様子《ようす》がおかしいからどうにかできないかって、わたしに相談《そうだん》してきたのは美菜《みな》ちゃんでしょう？』とか、言《い》われてたっけ。

でも、なんで彼女《かのじょ》がオレの悩《なや》みをどうにかする、ってことになるんだ？

「せいらちゃんは、オカルトにくわしくてね。そういうことに関《かん》する悩《なや》み相談《そうだん》とかもしてて、前《まえ》にもわたしの友達《ともだち》の相談《そうだん》に乗《の》ってくれて」

「へ、へえ……」

なんか、話《はなし》がちょっとうさんくさくなったな。

……でも、彼女《かのじょ》を見《み》ていると、本当《ほんとう》に解決《かいけつ》できちゃうのかも、と思《おも》ってしまいそうになるのも事実《じじつ》。まとうフンイキが、それくらい神秘的《しんぴてき》な感《かん》じなんだよな。

「つまり、それって」雅《みやび》がけげんそうに目《め》をまたたかせた。

「ゴーストバスターみたいなことができるの？」

「いいえ、そういうわけじゃないです。わたしには霊能力《れいのうりょく》なんてありませんもの。わたしがするのは、コンサルティングです」

「コンサルティング……？」

けげんそうな声《こえ》をあげる雅《みやび》。葉介《ようすけ》も、不思議《ふしぎ》そうな顔《かお》をしている。

けれど彼女《かのじょ》は、見惚《みと》れるほどきれいにほほえむと、ええ、とうなずいてみせた。

「わたしは、怪異対策《かいいたいさく》コンサルタントなんです」

「怪異対策《かいいたいさく》、コンサルタント……？」

「はい」

——花《はな》のような笑顔《えがお》の彼女《かのじょ》が説明《せつめい》するには、つまりこうだ。

怪異対策《かいいたいさく》コンサルタントの彼女《かのじょ》は、オレのお悩《なや》みを聞《き》いて、それが怪異《かいい》とか、お化《ば》けのせいだったら、危険《きけん》を回避《かいひ》するための【助言《じょげん》】や【指示《しじ》】をする。怪異《かいい》のせいじゃなかったら、そのことを説明《せつめい》してくれる。

【助言《じょげん》】はともかく【指示《しじ》】にはしたがわないと、最悪死《さいあくし》んでしまうかもしれない。

（けっこう本格的《ほんかくてき》なコンサルティングをしてくれるんだな）

正直《しょうじき》、信《しん》じがたいって気持《きも》ちもあるけど、美菜《みな》の友達《ともだち》も相談《そうだん》したことがあるって言《い》ってたしな。

それなら……。

「オレ、おねがいしてみようかな」

「ちょっと、翔《しょう》……」

雅《みやび》が苦《にが》い声《こえ》をだすけど、口《くち》にだしてみたら、自分《じぶん》でもその気《き》になってきた。

変《へん》だな、と感《かん》じてるのがオレと雅《みやび》に留《とど》まっているならまだしも、ほかの人《ひと》にまでなにかあったらいやだもんな。

それにいまは実害《じつがい》がないけど、いずれなにかもっとヤバいことが起《お》きるかもしれないし
……そもそも、本当《ほんとう》にオカルト的《てき》な話《はなし》なのかも気《き》になる。

「ぜひ」

緋宮《ひのみや》さん自身《じしん》にもそう言《い》われ、オレはちらりと美菜《みな》を見《み》る。

すると妹《いもうと》は「相談《そうだん》してみなよ」というように、オレにむかってうなずいてみせた。

……よし。きめた！

【契約者学年《けいやくしゃがくねん》・年齢《ねんれい》・氏名《しめい》】
３年《ねん》２組《くみ　**15歳《さい》**　**畠山翔《はたけやましょう》**

「これでいいか？」

「はい。じゃあさっそく、くわしい話《はなし》を聞《き》かせてください！」

◇◆◇

雅《みやび》や葉介《ようすけ》にひととおり話《はな》したことをせいらちゃん——美菜《みな》がそう呼《よ》んでいたので、オレもそう呼《よ》ばせてもらうことにした——にも伝《つた》えおえると、真《ま》っ先《さき》に口《くち》を開《ひら》いたのは美菜《みな》だった。

「うわ、不気味《ぶきみ》。特《とく》にひとり増《ふ》えてるとか減《へ》ってるとか、怪談《かいだん》じゃん」

「だよなー」

不気味《ぶきみ》なだけで害《がい》はないけど、いやなモンはいやだ。

オレはため息《いき》をつくと、黙《だま》ったままのせいらちゃんに目《め》をむける。

「それで、せいらちゃん。なにか気《き》がついたこととかあった？」

「……うーん。不気味《ぶきみ》だとは思《おも》いますが、怪異《かいい》のしわざとはまだ言《い》いきれないですね。一応《いちおう》、もう少《すこ》し調《しら》べてみないと」

「そっか……」

やっぱり、そうだよな。全部《ぜんぶ》オレの自意識過剰《じいしきかじょう》って可能性《かのうせい》も十分《じゅうぶん》にある。

「……まあでも、よろしくな、せいらちゃん」

そう言《い》うと、せいらちゃんはぱちりと目《め》をまばたかせてこちらを見《み》た。

存外《ぞんがい》、声《こえ》に力《ちから》がこもってしまったから、それを意外《いがい》に思《おも》ったのかもしれない。

「……ほら、オレだけがおかしなことに遭遇《そうぐう》するならともかく、ほかのやつにまで変《へん》なことが起《お》きはじめたら、いやだしさ。マジでオレに霊《れい》が憑《つ》いてるなら、まわりの人《ひと》に乗《の》り移《うつ》ったりしたらこまるだろ？　雅《みやび》のおかしな体験《たいけん》だって、オレと同《おな》じ生徒会役員《せいとかいやくいん》だったせいで経験《けいけん》しちゃったのかもしれないし……」

オレはしっかり者《もの》じゃないけど、この学校《がっこう》の生徒会長《せいとかいちょう》だ。

周《まわ》りに迷惑《めいわく》をかける可能性《かのうせい》は、なくしたい。

……そう言《い》うと、せいらちゃんはしばらくオレを見《み》つめたあと、ふ、とほほえんだ。そして、「わかりました」と言《い》う。

「……あと、いまのお話《はなし》だと、雅先輩《みやびせんぱい》もなにかおかしな体験《たいけん》をされてるんですか？」

「えっ、私《わたし》？　まあ、そうだけど……」

雅《みやび》はまだせいらちゃんを信用《しんよう》していいのかどうか迷《まよ》っているようで、しどろもどろだ。

せいらちゃんは気《き》にせずつづける。

「雅先輩《みやびせんぱい》、3年生《ねんせい》ですよね？　クラスはどちらですか？」

「3組《くみ》、だけど」

「そうですかあ……」

せいらちゃんはそれを聞《き》いて、なにかを少《すこ》し考《かんが》えるようにうーん、とうなる。

そして、ややあってから、にっこり笑顔《えがお》になった。

「じゃあ雅先輩《みやびせんぱい》も、翔先輩《しょうせんぱい》と一緒《いっしょ》に契約《けいやく》してしまいませんか？」

「で、でも私《わたし》は……」

「だいじょうぶ。コンサルティングにはお金《かね》はいらないので、損《そん》はしませんよ。……それに、雅先輩《みやびせんぱい》は生徒会《せいとかい》の副会長《ふくかいちょう》でしょう？　つまり、会長《かいちょう》である翔先輩《しょうせんぱい》の右腕《みぎうで》で、生徒会《せいとかい》の中《なか》ではある意味《いみ》、夫婦《ふうふ》のような関係《かんけい》!」

花《はな》のような笑顔《えがお》のせいらちゃんが、雅《みやび》の手《て》をぎゅっとにぎる。

「夫婦《ふうふ》……」

「ええ。雅先輩《みやびせんぱい》。翔先輩《しょうせんぱい》と協力《きょうりょく》して、この不思議《ふしぎ》な現象《げんしょう》について解明《かいめい》してみませんか?」

ね? 首《くび》をかしげてそう言《い》うせいらちゃんに、雅《みやび》は視線《しせん》をさまよわせた。

それから観念《かんねん》したように、差《さ》しだされた契約書《けいやくしょ》にサインをする。

「あ、一応《いちおう》。契約内容《けいやくないよう》はよく読《よ》んでくださいね?」

「わかってるから……はい、これでいい?」

【契約者学年《けいやくしゃがくねん》・年齢《ねんれい》・氏名《しめい》】
3年《ねん》3組《くみ》　14歳《さい》　古賀雅《こがみやび》

「ありがとうございます!」

せいらちゃんは2枚《まい》の赤《あか》い契約書《けいやくしょ》をファイルにしまうと、優雅《ゆうが》におじぎをした。

「契約《けいやく》が守《まも》られる限《かぎ》り、かならず最良《さいりょう》の『対策《たいさく》』を助言《じょげん》してみせます。先輩方《せんぱいがた》、どうか期《き》待《たい》してお待《ま》ちくださいね」

3

「失礼《しつれい》します、翔先輩《しょうせんぱい》はいらっしゃいますか？」

「あ、せいらちゃん。こっち！」

そして、翌日《よくじつ》の昼休《ひるやす》み。名前《なまえ》を呼《よ》ばれたことに気《き》がつき、オレは扉《とびら》の前《まえ》にたっているせいらちゃんにむかって手《て》をふってみせた。

せいらちゃんは律儀《りちぎ》におじぎをすると、教室《きょうしつ》の真《ま》ん中《なか》にあるオレの席《せき》までくる。

「ごめんなさい、いきなりきてしまって」

「いや、いいよ。昼休《ひるやす》みなんて大体暇《だいたいひま》してるだけだからさ」

オレがそうこたえると、彼女《かのじょ》は「よかった」と、安心《あんしん》したようにほほえんだ。

——念《ねん》のためにと連絡先《れんらくさき》を交換《こうかん》しておいたせいらちゃんからメッセージがきたのは、昨日《きのう》の夜《よる》のこと。

それはオレに聞《き》きたいことがあって、そして3年《ねん》2組《くみ》を調《しら》べたいから、昼休《ひるやす》みにクラスにお邪魔《じゃま》していいか、という内容《ないよう》。

学年《がくねん》がちがうと、クラス内《ない》に知《し》り合《あ》いがいなければ中《なか》にはいることさえむずかしくなる。

だから、オレに明日《あした》の昼休《ひるやす》みはクラスにいてほしい、ということだ。

断《ことわ》る理由《りゆう》もないので、オレはもちろん『いいよ！』と返《かえ》して。

せいらちゃんはここにきた、というわけである。


「それで、先輩《せんぱい》。人《ひと》を数《かぞ》えるときにひとり少《すく》なくなる現象《げんしょう》は、このクラスで起《お》きるんですか？」

近《ちか》くまでくるなり、彼女《かのじょ》は声《こえ》をしぼってそう聞《き》いてきた。

オレはゆっくりとうなずく。

「視線《しせん》を感《かん》じる、ともおっしゃっていましたよね？　それは？」

「それは学校《がっこう》の廊下《ろうか》を歩《ある》いてる時《とき》とか……学校《がっこう》にいる時《とき》が多《おお》いな。ただ最近《さいきん》では放課後《ほうかご》ひとりで帰《かえ》ってる時《とき》とかにも感《かん》じるようになった」

そうですか、とつぶやき、せいらちゃんがあごに手《て》をあてて目《め》をほそめる。

神妙《しんみょう》な表情《ひょうじょう》をしている彼女《かのじょ》の横顔《よこがお》をぼんやり見《み》つめていると、横《よこ》から「なになに？　なんの話《はなし》？」とクラスメイトの中村《なかむら》が首《くび》を突《つ》っこんできた。

「きみ、1年《ねん》だよな？　うわ、きみめっちゃかわいいね!?」

「そんな……でも、ありがとうございます」

てれたように笑《わら》うせいらちゃんはそいつの言《い》うとおり、めっちゃかわいい。

中村《なかむら》もちょっとデレッとしながら、「翔《しょう》になんか用事《ようじ》？」と聞《き》く。

「はい。畠山美菜《はたけやまみな》ちゃんに頼《たの》まれて、先輩《せんぱい》に届《とど》けものを。そのついでにちょっと雑談《ざつだん》をしていました」

「ああ、翔《しょう》の妹《いもうと》か。なーんだ、カノジョが翔《しょう》のこと訪《たず》ねてきたのかと思《おも》ったのに」

「おい……」

勝手《かって》なことを言《い》うクラスメイトにげんなりする。

せいらちゃんだっていい気《き》持《も》ちしないだろ、と彼女《かのじょ》の様子《ようす》を横目《よこめ》でうかがう。……が、せいらちゃんはまったく気《き》にしてないようで。

……なんだろう。あからさまにいやがられるのもアレだけど、全《まった》く気《き》にされないっていうのもなんかフクザツだな。

「でも、雑談《ざつだん》って、なにについて話《はな》してたわけ？」

「怪奇現象《かいきげんしょう》についてですよ。最近《さいきん》わたしと美菜《みな》ちゃん、怪談《かいだん》にハマってて。それで、ここにくるついでに、最近気《さいきんき》になる話《はなし》はないかと聞《き》いてみていたんです」

「へえ～」

まじめそうな見《み》た目《め》に反《はん》して、意外《いがい》にもすらすらとでたらめな説明《せつめい》をするせいらちゃん。

だが、でたらめのわりに不自然《ふしぜん》な内容《ないよう》というわけでもない。クラスメイトもすっかり信《しん》じた様子《ようす》だ。……女子《じょし》って、すえ恐《おそ》ろしいな。

「怪談《かいだん》か～。どんな話《はなし》してたんだよ？」

「あー。うちの教室《きょうしつ》で人数《にんずう》を数《かぞ》えてたりすると、なぜか数《かず》が合《あ》わなくなったりする、っていう感《かん》じの話《はなし》だよ」

言《い》うと、クラスメイトは「エッ!?」と目《め》を丸《まる》くした。

「なあ、そういうの！　オレもあったよ！」

「え？」

「人数《にんずう》がひとり減《へ》る現象《げんしょう》だろ？　オレも『アレ？』って思《おも》ったことあるよ。ここで人《ひと》を数《かぞ》えてたら、ひとりたりなかったりすんのな」

これってちょっとホラーっぽくね？　とつけ加《くわ》えるクラスメイトに、がく然《ぜん》とした。

そんな。まさかあの現象《げんしょう》を、雅《みやび》とオレのほかにも体験《たいけん》したやつがいるなんて。

「でも、翔《しょう》も同《おな》じこと思《おも》ってたってことは……気《き》のせいじゃないってことか？」

「それは……」

オレだけが違和感《いわかん》を覚《おぼ》えてるんじゃないなら、オレ個人《こじん》がなにかおかしなものに憑《つ》かれてるわけじゃないんだ。

だとしたらやっぱり、得体《えたい》の知《し》れない『ナニカ』は、個人《こじん》に憑《と》りついてるんじゃない。

きっと地縛霊《じばくれい》みたいに、この学校《がっこう》に棲《す》みついているんだ。

中村《なかむら》が立《た》ち去《さ》ったあと、オレはせいらちゃんに聞《き》く。

「そういえばせいらちゃん、雅《みやび》のクラスには行《い》ったのか？」

「3年《ねん》3組《くみ》ですか？　ええ、これから行《い》くつもりですよ！」

「そっか……」

雅《みやび》もオレと同《おな》じ現象《げんしょう》を体験《たいけん》していた、ということは、『ナニカ』は3年《ねん》3組《くみ》にもいる、ということになる。

3年《ねん》2組《くみ》にいる『ナニカ』と同《おな》じものなのだろうか？

「今回《こんかい》の件《けん》だけど、これからはなにを調《しら》べるつもりなんだ？」

「ええと、そうですねえ……。このクラスや、この学校《がっこう》にまつわる怪談《かいだん》やウワサをかたっぱしからかき集《あつ》めようかしら、と思《おも》っています。なにかヒントがあるかもしれませんもの」

それから、とせいらちゃんがかるい調子《ちょうし》でつづける。

「――このクラスでだれか亡《な》くなったりしていないか、とかも」

「うっ」

思《おも》わずうめく。……うわ、そうか。そうだよな。ここにいる『なにか』がユーレイだとしたら地縛霊《じばくれい》かもしれないんだもんな。

いやだな～～～、いや、いやだなとか考《かん》えたら亡《な》くなった人《ひと》に失礼《しつれい》かもしれないけど、もしそうだったらいやだな～～～。

頭《あたま》をかかえてうなるオレを見《み》て、せいらちゃんはくすりと笑《わら》った。

「いやですね、先輩《せんぱい》ったら、いまからそんなに悩《なや》まなくても。とりあえず、こちらで調《しら》べてみますから。ね？」

「よろしくな……」

うーん。たのむから、だれも亡《な》くなったりしていませんように。

4

――せいらちゃんに相談《そうだん》してから、事態《じたい》は想像以上《そうぞういじょう》に早《はや》く動《うご》いた。

なんと数日《すうじつ》もしないうちに、美菜《みな》から「せいらちゃんがなにかつかんだらしい」と伝《つた》えられたのだ。

まさか、と思《おも》った。だってまだあれから、たった数日《すうじつ》だぞ？

……さすがに信《しん》じがたくて、美菜《みな》の言葉《ことば》が事実《じじつ》かどうか確認《かくにん》するために、せいらちゃんにメッセージを送《おく》ってみた。

するとおどろいたことに、本当《ほんとう》にわかったことがあるという。

オレがメッセージを送《おく》った直後《ちょくご》に、こんなメールが、雅《みやび》とオレへ一斉送信《いっせいそうしん》で送《おく》られてきた。

『件名《けんめい》：【重要《じゅうよう》】調査結果《ちょうさけっか》です
本文《ほんぶん》：調査《ちょうさ》の結果《けっか》、今回《こんかい》の件《けん》は**【怪異性《かいいせい》アリ】**と判断《はんだん》しました。契約《けいやく》にしたがって、以下《いか》の指示《しじ》を厳守《げんしゅ》してください。**【指示《しじ》】怪異《かいい》を利用《りよう》するような行為《こうい》はしないこと。侮辱《ぶじょく》とられ、報復《ほうふく》される可能性《かのうせい》があります**』

……どういうことなんだ？

人《ひと》が減《へ》る現象《げんしょう》と、視線《しせん》のこと。それが【怪異性《かいいせい》アリ】、つまり、オカルト的《てき》な現象《げんしょう》だってことはわかった。でも、【指示《しじ》】がよくわからない。

怪異《かいい》を利用《りよう》するような行為《こうい》はしないこと？　なんだ、それ。

そもそも、怪異《かいい》を利用《りよう》するってなんだ……？　『報復《ほうふく》される可能性《かのうせい》』っていうのは怖《こわ》いけど、そもそも、「利用《りよう》する行為《こうい》」がなんなのかがわからない。

「ええ……？」

なんなんだ、これ。

意味不明《いみふめい》な調査結果報告《ちょうさけっかほうこく》メールに、しきりに首《くび》をひねっていると、こんどはメッセージがとどく。これは、一斉送信《いっせいそうしん》ではなく個人《こじん》へのものだ。

メッセージの内容《ないよう》はこうだった。

『緋宮《ひのみや》せいら：くわしいことは、よければ明日《あした》の放課後《ほうかご》、3年《ねん》2組《くみ》で説明《せつめい》させてくださ い』

送《おく》られてきたそれに、オレはちょっととまどった。

……なんで個人《こじん》メッセージにしたんだろう。雅《みやび》には送《おく》ってないのか？　このメッセージ。

首《くび》をかしげながらも、オレは『了解《りょうかい》』のスタンプを返《かえ》す。

そうしてオレは、つぎの日《ひ》の放課後《ほうかご》、教室《きょうしつ》にのこることになったのだが――。

「すみません、お待《ま》たせしました。掃除《そうじ》が長引《ながび》いてしまって」

ぼんやりと昨日《きのう》のやりとりを考《かんが》えながら待《ま》っていると、せいらちゃんが顔《かお》をのぞかせた。

夕日《ゆうひ》が差《さ》しこむ教室《きょうしつ》は無人《むじん》だ。

みんな部活《ぶかつ》に行《い》っているか、部活《ぶかつ》がないやつはもう帰《かえ》っている。

「だいじょうぶだいじょうぶ、大《たい》して待《ま》ってないし。それで、わかったことって――、」

「あれ、翔《しょう》と……せいらちゃん？　まだ帰《かえ》ってなかったの？」

なに？　と。

彼女《かのじょ》にそう聞《き》こうとしたタイミングで、不意《ふい》に扉《とびら》が開《ひら》いた。

すきまから顔《かお》をのぞかせたのは雅《みやび》だった。不思議《ふしぎ》そうにこちらを見《み》ている。

「あ、やっぱり雅《みやび》も説明《せつめい》に呼《よ》ばれたのか？」

あのメッセージは、オレにだけじゃなくて、それぞれ送《おく》ってたんだな。

と、思《おも》っていると。

「え？　説明《せつめい》？　なんのことよ？」

雅《みやび》は不思議《ふしぎ》そうに首《くび》をかしげた。……ん？

「いやほら、昨日《きのう》メールが届《とど》いたろ？　あの件《けん》に関《かん》して説明《せつめい》してくれるって、オレ、せいらちゃんに言《い》われて……おまえもそうじゃないのか？」

「メール？　あー、私《わたし》、昨日《きのう》メール確認《かくにん》してないの。なにか届《とど》いてた？」

髪《かみ》をくるくると指《ゆび》に巻《ま》きつけながら、雅《みやび》が言《い》う。

見《み》てない？　たしかにメッセージアプリばっかり使《つか》ってたら、メールを使《つか》うことってあんまりないだろうけど……件名《けんめい》からして重要《じゅうよう》だってわかったはずなのに。

それに雅《みやび》は生徒会《せいとかい》の副会長《ふくかいちょう》を務《つと》めるだけあって、けっこうまじめな性格《せいかく》だ。

それなのに、明《あき》らかに重要《じゅうよう》そうなメールを見《み》てない……？

どうにも不自然《ふしぜん》な気《き》がしてまゆをひそめた、その時《とき》だった。

「――そのクセ、まちがえてますよ。雅先輩《みやびせんぱい》はいつも、左手《ひだりて》の指《ゆび》じゃなくて、右手《みぎて》の指《ゆび》に髪《かみ》を巻《ま》きつけています」

……え？

唐突《とうとつ》に、横《よこ》のせいらちゃんの口《くち》から飛《と》びだしてきた言葉《ことば》に、オレは目《め》を丸《まる》くする。

目《め》の前《まえ》に立《た》つ雅《みやび》も、呆然《ぼうぜん》とした様子《ようす》でせいらちゃんを見《み》ている。ただ、彼女《かのじょ》が髪《かみ》を巻《ま》きつけている指《ゆび》は、たしかに左手《ひだりて》の指《ゆび》だった。

オレは右手《みぎて》とか左手《ひだりて》とか、そんなこと気《き》にしたことはなかったけど――。

「クセというのは、無意識《むいしき》にやってしまう動作《どうさ》です。右手《みぎて》か左手《ひだりて》かというのはささいなことに見《み》えて、とっても大《おお》きなちがいです」

せいらちゃんはオレたちの困惑《こんわく》に気《き》づかず、話《はなし》をつづける。

「多分《たぶん》、本物《ほんもの》の雅先輩《みやびせんぱい》を正面《しょうめん》から見《み》て、そのまま真似《まね》をしてしまったから、クセが鏡写《かがみうつ》しになっちゃったんでしょうねえ」

「は？　ちょ、真似《まね》、って……」

というか本物《ほんもの》の雅《みやび》って、なんのことだ。目《め》の前《まえ》にいる雅《みやび》は本物《ほんもの》だろう。雅《みやび》にはよく似《に》た双子《ふたご》の姉妹《しまい》なんていないんだ。

なら、彼女《かのじょ》はいったい、なにを言《い》いたいんだ？

雅《みやび》も手《て》を口《くち》にあてて、こまったような顔《かお》をして、

「なんだ――バレちゃってたんだね」


……え？

恥《は》ずかしそうに両手《りょうて》でほおをおさえる雅《みやび》の言葉《ことば》に、オレはこんどこそ目《め》を見開《みひら》いた。

あわててせいらちゃんを見《み》れば、彼女《かのじょ》は苦笑《にがわら》いを浮《う》かべて雅《みやび》を見《み》ている。

……いったい、なにがどうなってるんだ。なにが起《お》こってる？

「翔先輩《しょうせんぱい》。困惑《こんわく》するのもよくわかりますが、目《め》の前《まえ》にいる雅先輩《みやびせんぱい》は、本物《ほんもの》の雅先輩《みやびせんぱい》ではな

いんです」

「は……？　え？」

「本物《ほんもの》の雅先輩《みやびせんぱい》はここではないどこかにいますよ。……そして『コレ』が」

先輩《せんぱい》がクラスで感《かん》じていた『違和感《いわかん》』の正体《しょうたい》です。

せいらちゃんはそう言《い》って、いたたまれなそうにしている『雅《みやび》』の肩《かた》をたたいた。

「……ど。どういう、ことなんだ……？」

あまりの混乱《こんらん》に、オレはただ、そう問《と》いかえすことしかできなかった。

だが、どう見《み》ても本物《ほんもの》にしか見《み》えないこの『雅《みやび》』は、せいらちゃんの言葉《ことば》を否定《ひてい》しようとしていない。

ということは本当《ほんとう》に、目《め》の前《まえ》の『雅《みやび》』はニセモノなのか？

なら、この『雅《みやび》』はなんなんだ――？

「この子《こ》は『真似《まね》するもの』です」

「『真似《まね》するもの』？」

「はい。『だれか』に成《な》りすますことができる怪異《かいい》です」

ぽかんとするオレに、せいらちゃんはほほえんでそう言《い》った。

……じゃあこの『雅《みやび》』はつまり、お化《ば》け、ってことなのか？

「この子《こ》が成《な》りすました『だれか』は、たとえその場《ば》にいなくても、なぜか周囲《しゅうい》に『いるもの』として認識《にんしき》されるんですよ」

「それは、どういう……」

「そうですね、例《たと》えば学校《がっこう》を休《やす》んでいる子《こ》がいるとします。クラスの子《こ》は全員《ぜんいん》、その子《こ》が今日《きょう》、学校《がっこう》にいないことを知《し》っている。でも、この怪異《かいい》がその子《こ》を『真似《まね》』すれば」

――クラスのみんなは、その子《こ》が『いる』と思《おも》う。

本当《ほんとう》はそこにいないことを知《し》っているはずなのに、ごく自然《しぜん》に、『いる』と。

「ってことは……成《な》りすましが解《と》かれたあとは、オレが感《かん》じたような『人数《にんずう》が減《へ》る』現象《げんしょう》が起《お》きる？」

「そうです。『いないもの』を『いる』と思《おも》いこんでいたのが、正《ただ》しい認識《にんしき》にもどるので」

緋宮《ひのみや》さんが苦笑《にがわら》いしてうなずいた。

「ずっと昔《むかし》から3年《ねん》2組《くみ》に住《す》みついて、そういうイタズラばっかりしているそうですよ。……でしたよね？」

「うん。ボク、何十年《なんじゅうねん》も前《まえ》からずっとここにいるんだ」

あっけらかんとしてうなずく『雅《みやび》』に、呆然《ぼうぜん》とする。

まさか本当《ほんとう》に、うちのクラスにお化《ば》けがいたなんて。

「この数日《すうじつ》で調《しら》べてみました。OB《オービー》の方《かた》に聞《き》きこみをしてみたら、先輩《せんぱい》と同《おな》じような『違《い》和感《わかん》』を覚《おぼ》えている方《かた》が何人《なんにん》かいましたよ。

何代《なんだい》か前《まえ》までの3年生《ねんせい》のあいだでは有名《ゆうめい》な怪談《かいだん》で、当時《とうじ》はその現象《げんしょう》を『3年《ねん》2組《くみ》の真似《まね》するもの』と呼《よ》んで、七不思議《ななふしぎ》扱《あつか》いしていたそうです。だんだんと違《い》和《わ》感《かん》を覚《おぼ》える人《ひと》が少《すく》なくなっていって、ウワサは消滅《しょうめつ》したようですが……」

ちら、と緋宮《ひのみや》さんが『雅《みやび》』を横目《よこめ》で見《み》る。

すると『雅《みやび》』が。**「そのとおりだよ」**と言《い》って、肩《かた》をすくめた。

「ボクの『真似《まね》』に違和感《いわかん》を覚《おぼ》える子《こ》って、もともと霊感《れいかん》がある子《こ》が多《おお》いんだけど。でも最近《さいきん》は、そういう子《こ》がどんどん少《すく》なくなっていってて、ボクもそのうち忘《わす》れられていっ

ちゃってさ……」

「はあ……」

「だからか、翔先輩《しょうせんぱい》のような霊感《れいかん》のある人《ひと》たちが、久々《ひさびさ》にクラスに入《はい》ってきたことで、いつも以上《いじょう》にはりきってイタズラしてしまったようです」

「やりすぎちゃってごめんなさい」

ぺこん。手《て》をそろえて、『雅《みやび》』が頭《あたま》をさげる。

……おどろきのあまり、開《あ》いた口《くち》がふさがらなかった。

まだたった15年《ねん》ちょっとしか生《い》きてないけど、まさか、人生《じんせい》のうちに、お化《ば》けに頭《あたま》をさげられる経験《けいけん》をするとは。

でも、ヤバい怨霊《おんりょう》とか、そういうのがいたわけじゃなかったんだ。

そう思《おも》うと、なんだかドッとつかれて、オレは近《ちか》くのイスに崩《くず》れ落《お》ちるようにして座《すわ》った。

「勘弁《かんべん》してくれよ、マジでビビってたんだからな！　……そもそもなんでおまえ、人《ひと》を真似《まね》なんかしてるんだよ？」

「――それは、『そういうもの』だからです、翔先輩《しょうせんぱい》」

『雅《みやび》』のかわりにそうこたえたのは、せいらちゃんだった。

「怪異《かいい》に理屈《りくつ》なんてありません。『そういうもの』だから、『そうする』んです」

「ええ……そんなものなのか？」

「はい」彼女《かのじょ》はきっぱりとうなずいた。「この子《こ》はイタズラ好《ず》きですが、自分《じぶん》を害《がい》されない限《かぎ》り、だれかに害《がい》をなす存在《そんざい》じゃありません。だからつぎに違和感《いわかん》を覚《おぼ》えても、『そういうものなんだ』と思《おも》って、あまり気《き》にしないようにしていて下《くだ》さい」

せいらちゃんの言葉《ことば》に、心《こころ》なしかしょぼんとする『雅《みやび》』。

「全《まった》く気《き》にされないのもなんかさみしいな……」

……なんか、ちょっとかわいそうだな。

するとこんどは、せいらちゃんは『雅《みやび》』に視線《しせん》をむけた。

「あなたも、あんまり派手《はで》にやりすぎるのはダメですよ。さもないと、ちゃんとしたお祓《はら》いの人《ひと》を呼《よ》んでしまいますからね」

「はい、ごめんなさい……」

せいらちゃんにしかられ、肩《かた》をおとした『雅《みやび》』が、すごすごと教室《きょうしつ》をでていく。

うーん。やっぱり、なんかちょっとかわいそうだ。

「……あれ？」

そこでふと、疑問《ぎもん》が頭《あたま》に浮《う》かんだ。

「そういやせいらちゃん、雅《みやび》には『真似《まね》するもの』について説明《せつめい》しないでいいのかな？」

……いや、待《ま》てよ？

そもそも、『真似《まね》するもの』が、3年《ねん》2組《くみ》の生徒《せいと》ではない雅《みやび》を真似《まね》したのはどうしてだ？

というか、雅《みやび》は3年《ねん》3組《くみ》の生徒《せいと》なのに、どうして3年《ねん》2組《くみ》の怪談《かいだん》の現象《げんしょう》を体験《たいけん》していたんだろうか——。

◇
◆
◇

「……ってことがあったんだけど、おまえはどう思《おも》う？」

家《いえ》に帰《かえ》ってから、美菜《みな》に聞《き》いてみる。

アイスをなめている美菜《みな》はうーん、と首《くび》をひねった。

「雅先輩《みやびせんぱい》がなんで怪奇現象《かいきげんしょう》を体験《たいけん》したのか、ねえ。たしかになんでだろ？　『真似《まね》するもの』ってやつは、２組《くみ》にしかでないんでしょ？」

「そう。怪異自身《かいいじしん》にも、確認《かくにん》したたし」

「じゃあべつの怪奇現象《かいきげんしょう》なのかな……もしくは」

——**雅先輩《みやびせんぱい》がウソをついてた、とか。**

美菜《みな》が、平坦《へいたん》な声《こえ》で言《い》う。

「え……？」

雅《みやび》が、ウソを？　どうしてそんなことをする必要《ひつよう》があるんだろう。

それに——もうひとつ、解決《かいけつ》していないことがある。

人《ひと》が減《へ》っている現象《げんしょう》についてはいい。それは『真似《まね》するもの』のせいだった。

でも、視線《しせん》のことはどうなる？

それに、持《も》ち物《もの》がなくなっていたのは、結局《けっきょく》なんでなんだ？　あれも『真似《まね》するもの』

のイタズラだったのか？

「……なあ、美菜《みな》」

「なに」

「おまえの友達《ともだち》で、せいらちゃんに同《おな》じように相談《そうだん》した子《こ》がいたんだろ。その子《こ》って……どうなったんだ？　ちゃんと解決《かいけつ》、したのか？」

「うん、たぶん」

「たぶん？」

「はっきりとはわかんないんだよね。一時期《いちじき》学校《がっこう》に行《い》けなくなったときもあったんだけど、せいらちゃんと会《あ》った後《あと》、『もうだいじょうぶ』って言《い》って、元気《げんき》になってたし」

でも、と。

美菜《みな》がまゆをくもらせて、アイスの棒《ぼう》をかんだ。……食《た》べおわったアイスの棒《ぼう》をかむ、妹《いもうと》のよくないクセだ。

がり、という音《おと》が、やけに耳《みみ》の奥《おく》に不気味《ぶきみ》にひびく。

「――**あの子**《こ》**、飛**《と》**びおりちゃったんだよね。屋上**《おくじょう》**から**」

「……は？」

あぜんと、美菜《みな》を見《み》る。――飛《と》びおりた？　せいらちゃんに相談《そうだん》した子《こ》が？

それってもしかして、最近《さいきん》うわさになってた、1年生《ねんせい》の――。

「うん。……あ、さすがに契約《けいやく》とは関係《かんけい》ないと思《おも》うよ？　契約《けいやく》からしばらくあとのことだし」

がり。

「でも彼女《かのじょ》、いま病院《びょういん》で意識不明《いしきふめい》だから。そのあとのことは聞《き》けてないんだよね」

がり、がり。

「**どうしてユキちゃん、飛**《と》**びおりなんかしちゃったのかなあ……**」

がり、がり。がり、がり、がり、がり、がり。

いつもは「行儀悪《ぎょうぎわる》いぞ」で済《す》む妹《いもうと》のそのクセが、ひどく不気味《ぶきみ》な音《おと》の気《き》がして。

オレはそれ以上《いじょう》なにも言《い》えず、美菜《みな》の横顔《よこがお》を見《み》つめていた。

5

「どうしよう、ノートはダメ？　バレちゃうかな？」

夕暮《ゆうぐ》れの教室《きょうしつ》。３年《ねん》２組《くみ》。

完全《かんぜん》に人《ひと》がいなくなったそこで、私《わたし》はとある机《つくえ》の中《なか》をまさぐりながらつぶやいた。

早《はや》くきめないと。もうすぐ下校時刻《げこうじこく》だから、部活終《ぶかつお》わりの生徒《せいと》がもどってくる。

「うん、ノート1冊《さつ》くらいばれないよね……」

翔《しょう》が使《つか》う、翔《しょう》がさわる、数学《すうがく》のノート。

うっとりしながら表紙《ひょうし》にほおずりすれば、彼《かれ》のにおいがしたような気《き》がした。

「さて、と。ノートももらっちゃったし、早《はや》く帰《かえ》らなきゃ」

だれかに見《み》られる前《まえ》に。

だって、生徒会副会長《せいとかいふくかいちょう》の古賀雅《こがみやび》が、生徒会長《せいとかいちょう》・畠山翔《はたけやましょう》のストーカーだなんて知《し》られたら

――おしまいだ。

持《も》ち物《もの》を盗《ぬす》んだのも、私《わたし》。翔《しょう》がさわったものがほしくて、つい3年《ねん》2組《くみ》にしのびこんだりして、盗《と》っちゃった。……でも、ちゃんと新品《しんぴん》をいれておいたからいいよね？

学校終《がっこうお》わり、尾行《びこう》してじっと見《み》ていたのも私《わたし》。翔《しょう》をずっと見《み》ていたかったから。視線《しせん》に気《き》づいてるなんておどろいちゃった。もっと用心《ようじん》しないと。

バレたら、翔《しょう》のそばにいられなくなっちゃうもの。

ああでも本当《ほんとう》に、翔《しょう》が3年《ねん》2組《くみ》でよかった。

――だって、全部《ぜんぶ》、『3年《ねん》2組《くみ》の真似《まね》するもの』のせいにできる。

視線《しせん》のことも、持《も》ち物《もの》の増減《ぞうげん》のことも、ぜーんぶ怪異《かいい》のせいにしてしまえばいい。

……翔《しょう》に話《はな》したドッジボールの話《はなし》はとうぜん、私《わたし》の経験談《けいけんだん》じゃない。

でも、リアルなのはとうぜんだ。この学校《がっこう》のOB《オービー》の知《し》り合《あ》いに聞《き》いた、当時有名《とうじゆうめい》だった『真似《まね》するもの』の怪談《かいだん》で、一番《いちばん》よく知《し》られているエピソードなんだから。

「それにしても、あの子《こ》、ほんとなんなの？」

緋宮《ひのみや》せいら。

怪異対策《かいいたいさく》コンサルタントなんてふざけたことを言《い》って、翔《しょう》をたぶらかした子《こ》。押《お》しに負《ま》けて契約書《けいやくしょ》にサインなんてしちゃったから、わけのわからないメールがきたりして、最悪《さいあく》。

なんなの、あの、「怪異《かいい》を利用《りよう》するような行為《こうい》はしないこと。侮辱《ぶじょく》ととられ、報復《ほうふく》される可能性《かのうせい》があります」って。バッカみたい。

怪異《かいい》なんてそんなもの、この世《よ》にいるはずないじゃない。

「こんにちは、古賀雅《こがみやび》さん」

そのとき、ふと、うしろから声《こえ》がした。

――まずい、見《み》られた。翔《しょう》のノート、持《も》ってるところ……！

いや、だいじょうぶ。私《わたし》は信頼《しんらい》ある生徒会副会長《せいとかいふくかいちょう》。うまくごまかせばきっとなんとかなる。

そう思《おも》って顔《かお》をあげて――私《わたし》は絶句《ぜっく》した。

だって。そこにたっていたのは。

……『私《わたし》』、だった。

「いつも、ここによくきてたよね。畠山翔《はたけやましょう》くんの机《つくえ》とか、ロッカーをのぞいてた。だから思《おも》わず真似《まね》しちゃったあ。……きみはこのクラスの人《ひと》じゃないけど、あんまりにもよくくるから、真似《まね》しやすかったんだよね」

緋宮《ひのみや》せいらさんには、バレちゃったけど。

ニコニコしながら、『私《わたし》』が、『私《わたし》』の声《こえ》で言《い》う。

なにがなんだかわからない。この『私《わたし》』はだれ？

「ドッペルゲンガーって知《し》ってる？　もうひとりの自分《じぶん》のこと。ドッペルゲンガーに会《あ》ったら、死《し》んじゃうんだって」

「ひ、や、ヤダ……！」

１歩《ぽ》。１歩《ぽ》。近《ちか》づいてくる。逃《に》げたいのに、足《あし》が動《うご》かない。

こないで。だれか助《たす》けて。

「ダメだよ？　ボクがやってないことまで、ボクのせいにしちゃあ。……ね？　緋宮《ひのみや》せいらさん。そう思《おも》うでしょ？」

「ええ」

聞《き》き覚《おぼ》えのある声《こえ》。開《あ》いた扉《とびら》のすきまから、ひょい、と顔《かお》を覗《のぞ》かせたのは。

「あなた、緋宮《ひのみや》せいら……！」

思《おも》わず、目《め》を丸《まる》くする。

どうしてここに？

……ただ、よく思《おも》っていない相手《あいて》でも、こんな状況《じょうきょう》だと、知《し》った顔《かお》があることだけでひどく安心《あんしん》した。

加《くわ》えて、この子《こ》は『怪異対策《かいいたいさく》コンサルタント』。こんな――『古賀雅《こがみやび》』がふたりいるなんて異常《いじょう》な状況《じょうきょう》だけど、なんとかしてくれるかもしれない。

だって、私《わたし》はあの契約書《けいやくしょ》にサインをしたんだから。

「ね、ねえ、こいつのこと、なんとかしてくれない？　ホンモノの私《わたし》は、私《わたし》なの！　こいつ……見《み》えるでしょ、化《ば》け物《もの》よ！　助《たす》けて！」

すると、彼女《かのじょ》はなぜかきょとんとした表情《ひょうじょう》になった。

「はあ、助《たす》ける？　あなたを？　どうしてですか？」

「どうして、って……！　私《わたし》、あの契約書《けいやくしょ》にサインしたじゃない！　あんたは『対策《たいさく》』をアドバイスしてくれるコンサルタントなんでしょ!?」

彼女《かのじょ》に寄《よ》ると、緋宮《ひのみや》せいらはぱちぱちとまばたきをして——それからなんと、「あははっ！」と笑《わら》いだした。

「うふふっ、おもしろい冗談《じょうだん》ですねぇ。先《さき》に契約違反《けいやくいはん》をしたのは先輩《せんぱい》のほうじゃないですか」

「は……契約違反《けいやくいはん》？　なにを言《い》って」

言《い》いかけて、ハッとする。**「怪異《かいい》を利用《りよう》するような行為《こうい》はしないこと」**という【指示《しじ》】が頭《あたま》の中《なか》によみがえる。

——**契約事項《けいやくじこう》のその３。依頼人《いらいにん》は、請負人《うけおいにん》の【指示《しじ》】はかならず守《まも》らなければならない。**

私《わたし》は、翔《しょう》の覚《おぼ》えてる『違和感《いわかん》』をごまかすために、『真似《まね》するもの』を利用《りよう》した。

つまり――あのメールの【指示《しじ》】に違反《いはん》している。

「気《き》がつきました？　だから、契約《けいやく》はもう無効《むこう》なんですよ？」

「ちょ……ちょっと待《ま》ってよ！　たった1回《かい》の契約違反《けいやくいはん》で、無効《むこう》になるの!?　そんなのひどい、少《すこ》しくらい助《たす》けてくれたって……！」

「――いやですね、先輩《せんぱい》ったら。契約書《けいやくしょ》はよーく読《よ》んでくださいって、あれほど言《い》ったじゃないですか」

あきれたような声《こえ》で言《い》った緋宮《ひのみや》せいらが、赤《あか》い契約書《けいやくしょ》をとりだす。

そして、その一番下《いちばんした》……小《ちい》さな小《ちい》さな文字《もじ》で書《か》かれた文言《もんごん》を指差《ゆびさ》した。

【※注意事項《ちゅういじこう》】契約違反《けいやくいはん》があった場合《ばあい》、その場《ば》で契約《けいやく》を無効《むこう》とし、再契約《さいけいやく》もみとめない。また、契約《けいやく》が無効《むこう》になった場合《ばあい》、違反者《いはんしゃ》に不利益《ふりえき》があっても、請負人《うけおいにん》は責任《せきにん》を負《お》わない。

改《あらた》めて読《よ》んで、私《わたし》は真《ま》っ青《さお》になった。

こんな文言《もんごん》があったのか。ぜんぜん、気《き》づかなかった。

それに。

「これって……契約違反者《けいやくいはんしゃ》があとからどうなろうが、どうでもいいってことじゃない！」

「そうですよ？　それがどうかしましたか？」

「こんなに小《ちい》さい文字《もじ》になんか、気《き》づくわけないでしょ！」

必死《ひっし》で怒鳴《どな》る。こんなの、おかしいでしょ。騙《だま》しうちじゃないの。

「こんな注意事項《ちゅういじこう》に気《き》づいてたら、怖《こわ》くて契約《けいやく》なんかしなかった。こんな……こんなの、詐欺《さぎ》じゃない！」

「詐欺《さぎ》だなんて人聞《ひとぎ》きの悪《わる》い。いくら文字《もじ》が小《ちい》さかろうが、契約書《けいやくしょ》には書《か》いてあったんですよ。よく読《よ》まずにサインをしたのは、先輩《せんぱい》じゃないですか」

——**ダメでしょう？　契約書《けいやくしょ》はしっかり、よーく読《よ》まないと。**

そう言《い》って、わざとらしく小首《こくび》をかしげてみせた緋宮《ひのみや》せいらに、背筋《せすじ》が凍《こお》る。

「だいたい、いくら好《す》きでもストーカーはだめですよ。というか、3年《ねん》3組《くみ》で『人《ひと》が減《へ》る現象《げんしょう》』が起《お》こるわけないじゃないですか。『真似《まね》するもの』は3年《ねん》2組《くみ》の怪異《かいい》なんですから」

「は……？」

「窃盗《せっとう》とか、尾行《びこう》とか、ぜーんぶもろもろ『この子《こ》』のせいにしようとしてたみたいですけど、雅先輩《みやびせんぱい》ったら、ツメがあまいんですよねえ。ドッジボールの話《はなし》についても翔先輩《しょうせんぱい》から聞《き》きましたけど、あれってもとの怪談《かいだん》からのうけうりでしょう？」

足《あし》がふるえる。

ドッジボールの話《はなし》のことまで……じゃあこいつ、私《わたし》のしてること、はじめから全部知《ぜんぶし》ってたってこと？

でも、なら、なんでこいつは私《わたし》に契約《けいやく》をすすめたの？

私《わたし》が『真似《まね》するもの』を利用《りよう》してるってことを、こいつは私《わたし》が『3年《ねん》3組《くみ》だ』って言《い》ったそのときから、わかってたはずなのに。

……まさか！

「あ、あんた、初《はじ》めから、私《わたし》が契約《けいやく》を破《やぶ》ることをわかってて……!?」

「なんのことですか？【指示《しじ》】を見《み》たときにストーカー行為《こうい》をやめていれば、わたしはちゃんと追加《ついか》の【助言《じょげん》】をするつもりでいましたよ？」

きれいにほほえんだ緋宮《ひのみや》せいらが、ちらと『私《わたし》』をふりかえって、つけ加《くわ》えた。

「この子《こ》の『報復《ほうふく》』を避《さ》けるための、【助言《じょげん》】を、ちゃーんとね」

──**『侮辱《ぶじょく》ととられ、報復《ほうふく》される可能性《かのうせい》があります』**

不意《ふい》に、メールの内容《ないよう》が頭《あたま》にフラッシュバックする。

「ねえ、緋宮《ひのみや》せいらさん。もうお話《はなし》はいいかな？　ボク、まだ古賀雅《こがみやび》さんと話《はなし》があるんだ」

「ん？　ああ、ごめんなさい。どうぞどうぞ」

「よかった、ありがとう」

私《わたし》の顔《かお》をした化《ば》け物《もの》が。こっちに歩《ある》いてくる。

怖気《おぞけ》がする。寒気《さむけ》がする。ぶるぶるふるえながらあとずさる。

い、いやだ。いやだ……！

「こないで……！　助《たす》けて、緋宮《ひのみや》さん！　こいつの『対策《たいさく》』を教《おし》えてよ！」

「いやです。言《い》ったでしょう、最良《さいりょう》の『対策《たいさく》』を助言《じょげん》するのは『契約《けいやく》が守《まも》られる限《かぎ》り』って。契約《けいやく》を破《やぶ》ったあなたのことは助《たす》けません。――それにね」

緋宮《ひのみや》せいらがこちらを見《み》た。

……彼女《かのじょ》は、表情《ひょうじょう》という表情《ひょうじょう》が抜《ぬ》け落《お》ちた顔《かお》をしていた。

目《め》だけが、絶対零度《ぜったいれいど》の冷《つめ》たさで、私《わたし》を見《み》すえている。

「どんな形《かたち》であれ、約束《やくそく》を破《やぶ》った方《ほう》が悪《わる》いんですよ」

まるで人《ひと》が変《か》わったような低《ひく》い声《こえ》に、おののく。

けど、なにも言《い》うことはできなかった。

だって――気《き》がつけばすぐ目《め》の前《まえ》に、『私《わたし》』が迫《せま》ってきていたから。

「ボクはドッペルゲンガーじゃないけど……ねえ、ずーっときみを真似《まね》しつづけたら、ボクはきみに成《な》れたりするのかなあ？」

手《て》が伸《の》びてくる。

声《こえ》がでない。
私《わたし》は悲鳴《ひめい》をあげようとして、それで——。

6

——最近《さいきん》、生徒会副会長《せいとかいふくかいちょう》の古賀雅《こがみやび》が少《すこ》し変《か》わったらしい。
ある日《ひ》、そんなウワサがせいらの耳《みみ》に届《とど》いてきた。
なんでも、たまに自分《じぶん》を「ボク」と呼《よ》ぶようになったとか。
前《まえ》よりももっと明《あか》るく快活《かいかつ》になり、たまにちょっとしたドジをしたりする。
キャラ変《へん》だろうか、という声《こえ》がちらほらあがっているようだ。
……せいらにはどうでもいい話《はなし》だったけれど。
「一人称《いちにんしょう》くらい、気《き》をつかえばいいのに……」
日《ひ》の暮《く》れたあとの帰路《きろ》を、ひとりで歩《ある》いていく。
ファイルにしまっていた2枚《まい》の赤《あか》い契約書《けいやくしょ》をとりだし、目《め》をほそめた。

「乱暴《らんぼう》な手《て》も使《つか》っちゃったけれど……一気《いっき》にふたつの契約《けいやく》がとれたし、よしとしましょうか」

ふ、と笑《わら》い、契約書《けいやくしょ》を空《そら》にはなつ。

たちまちのうちに、それは黒《くろ》い炎《ほのお》に巻《ま》かれ、消《き》えていく。

「ふふ……あはは」

赤《あか》が黒《くろ》に呑《の》まれる光景《こうけい》を見《み》つめながら、笑《わら》い声《ごえ》をあげる。

そうだ。もっと、

「もっとも一っと、たくさん契約《けいやく》をして、サインをもらわないと！」

ジジッ。

街灯《がいとう》の明《あ》かりにまとわりついていた蛾《が》が、熱《ねつ》にあぶられて地面《じめん》に落《お》ちた。

3枚《まい》目《め》

狐《こ》狗《つく》狸《り》

1

オレ——1年《ねん》1組古賀優《くみこがすぐる》には、最近《さいきん》、気《き》になるやつがいる。

恋愛的《れんあいてき》な意味《いみ》で、じゃない。調《しら》べなきゃいけないやつ、という意味《いみ》で気《き》になるやつだ。

そいつの名前《なまえ》は、緋宮《ひのみや》せいら。ふわふわとしたロングヘアの、はっとするほどの美人《びじん》。

——そして、そんな彼女《かのじょ》には、とあるウワサがあった。

『オカルト的《てき》なことで悩《なや》んだとき、緋宮《ひのみや》せいらに相談《そうだん》すれば、いつのまにか悩《なや》みごとは解決《かいけつ》している』

それは、緋宮《ひのみや》の出身小学校《しゅっしんしょうがっこう》である、T小《ティーしょう》の児童《じどう》のあいだで知《し》られている話《はなし》だった。

うちの中学《ちゅうがく》にはT小出身《ティーしょうしゅっしん》の生徒《せいと》はほとんど通《かよ》っていない。だからか、緋宮《ひのみや》のそのウワサは、あまりうちの中学《ちゅうがく》には広《ひろ》まっていない。

オレがウワサを知《し》っているのは、小《しょう》6のときに通《かよ》っていた塾《じゅく》に緋宮《ひのみや》と同《おな》じクラスのやつがいたためだ。……それでなんでそんなウワサが広《ひろ》まったのかというと、なんでも実際《じっさい》に怪奇現象《かいきげんしょう》を解決《かいけつ》してもらった子《こ》がいたからだとか。

『緋宮《ひのみや》さん、いまは神秘的《しんぴてき》な雰囲気《ふんいき》の美少女《びしょうじょ》って感《かん》じだけど、もともとは明《あか》るくて活発《かっぱつ》な子《こ》だったんだよ』

塾《じゅく》の友達《ともだち》は、そう言《い》っていた。

緋宮《ひのみや》は3年前《ねんまえ》……小学校《しょうがっこう》4年生《ねんせい》の頃《ころ》にとつぜん様子《ようす》が変《か》わったらしい。

というのも、『あること』をきっかけにして、いまのような感《かん》じになったのだそうだ。

それから、例《れい》のウワサが流《なが》れだした、とのこと。

……どうして彼女《かのじょ》は変《か》わったのか。どうしてオカルト相談《そうだん》なんか、請《う》け負《お》うようになったのか。そのことについては、友達《ともだち》はこたえてはくれなかった。

『あんまり、大《おお》きな声《こえ》で言《い》うことじゃないからさ』

そう言《い》って、口《くち》をつぐんだ。

――オカルトの悩《なや》みを緋宮《ひのみや》に相談《そうだん》すれば、解決《かいけつ》する。

その話《はなし》はたぶん、ウソじゃないんだろうと思《おも》う。

実際《じっさい》に、部活《ぶかつ》で一緒《いっしょ》の畠山翔先輩《はたけやましょうせんぱい》は、緋宮《ひのみや》に相談《そうだん》してから『おかしな視線《しせん》』を感《かん》じなくなったし、持《も》ち物《もの》がなくなることもなくなったそうだ。翔先輩《しょうせんぱい》は生徒会長《せいとかいちょう》をやりながら、演劇部《えんげきぶ》の裏方《うらかた》もやっているのだ。……ちなみにオレは1年《ねん》だけど演者《えんじゃ》で、そこそこ演技《えんぎ》に自信《じしん》がある。

それでその翔先輩《しょうせんぱい》は、部活中《ぶかつちゅう》に『オカルト相談《そうだん》』をしたことを話《はな》してくれた。

ただ、くわしいことはわからなかった。せいらちゃんのおかげだ、としか言《い》わなかったから。

『怖《こわ》い話《はなし》を流《なが》せば、それが怪異《かいい》になったり、尾《お》ひれがついたウワサが、害《がい》のない怪異《かいい》をあぶないものに変《か》えることもあるんだってさ。だからあんまり人《ひと》に話《はな》せないんだよな』

ということらしい。……でも、緋宮《ひのみや》の仕事《しごと》ぶりは本物《ほんもの》だという。

だが、おかしいのだ。

先輩《せんぱい》の悩《なや》みが解決《かいけつ》したかと思《おも》えば、なぜか、姉《あね》の雅《みやび》が変《か》わった。キャラ変《へん》したんだな、って友達《ともだち》は言《い》ってたけど、そうは思《おも》えない。

たしかに変《か》わったからって、なにか問題《もんだい》があるわけじゃない。父《とう》さんも母《かあ》さんも、思春《ししゅん》期《き》ならそういうこともあるだろうって、納得《なっとく》してたみたいだった。

だが、おかしいのだ。**――オレは時折《ときおり》、姉《あね》が姉《あね》じゃないように感《かん》じることがある。**

姉《あね》の雅《みやび》は、いままで自分《じぶん》を「ボク」なんて言《い》ったことはないし、ドジなんてほとんどしなかった。もっとしっかり者《もの》だったはずなんだ。

それに、もうひとり、気《き》になっている人物《じんぶつ》がいる。屋上《おくじょう》から飛《と》びおりた水橋《みずはし》ユキだ。

水橋《みずはし》が自分《じぶん》のクラスで起《お》きたいじめを悔《く》やんだから、とか、昔《むかし》やってたいじめを悔《く》やんだから、とかいうウワサがたってたけど、本当《ほんとう》だろうか？

彼女《かのじょ》が山田《やまだ》へのいじめを後悔《こうかい》していたかはオレにはわからないが……いじめを悔《く》やんで飛《と》びおりなんて、するだろうか？　いじめをそこまで悔《く》やむことができるなら、はじめからそんなものに参加《さんか》したりしないだろ。

どうにも気《き》になって、委員会《いいんかい》が同《おな》じで、翔先輩《しょうせんぱい》の妹《いもうと》である畠山美菜《はたけやまみな》に、水橋《みずはし》ユキの話《はなし》をふってみた。畠山《はたけやま》は水橋《みずはし》と仲《なか》が良《よ》かったようだったから。

すると、こんなことがわかった。

——水橋《みずはし》ユキは、『屋上《おくじょう》から飛《と》びおりる女《おんな》の子《こ》』を見《み》て、その怪奇現象《かいきげんしょう》について、緋宮《ひのみや》に相談《そうだん》をしていたらしい。

『せいらちゃんは、怪異対策《かいいたいさく》コンサルタントなんだって。それを知《し》ってたから、じゃあせいらちゃんに相談《そうだん》してみたらってわたしがすすめたんだ。そしたら、ユキちゃんは、せいらちゃんに相談《そうだん》することにした、って言《い》ってた。

せいらちゃんの持《も》ってる、赤《あか》い契約書《けいやくしょ》にサインして——』

畠山《はたけやま》はそう説明《せつめい》した。

緋宮《ひのみや》せいら。

あいつはいったい、何者《なにもの》なんだ。怪異対策《かいいたいさく》コンサルタントって、なんなんだ？

それに、**『赤《あか》い契約書《けいやくしょ》』**、か。

赤《あか》い契約書《けいやくしょ》といえば、小学校《しょうがっこう》のときに耳《みみ》にしたことがある『あの都市伝説《としでんせつ》』を思《おも》いだすけど——。

オレの姉《あね》、古賀雅《こがみやび》。そして、水橋《みずはし》ユキ。

この2、3か月《げつ》で、緋宮《ひのみや》せいらに関《かか》わったふたりに、不可解《ふかかい》なことが起《お》きている。

姉《あね》と一緒《いっしょ》に『助《たす》けてもらった』という翔先輩《しょうせんぱい》だって、詳細《しょうさい》を話《はな》そうとしない。

――なにかがおかしい。あいつにはなにかがある。

姉《あね》が変《か》わったのも、水橋《みずはし》が飛《と》びおりをしたのも、緋宮《ひのみや》のせいなんじゃないか？

「ぜったいにあいつの正体《しょうたい》と目的《もくてき》を暴《あば》いてやる……」

そう決意《けつい》し、オレは緋宮《ひのみや》から話《はなし》を聞《き》きだすための、作戦《さくせん》を練《ね》ることにしたのだった。

2

「なー、今日放課後《きょうほうかご》ひま？　こっくりさんしねぇ？」

「え、なに、いきなり」

昼休《ひるやす》み中《ちゅう》。

となりの席《せき》で、幼《おさな》なじみの香川真衣《かがわまい》に声《こえ》を掛《か》けると、真衣《まい》は「は？」という顔《かお》になった。

いや、まあ、いきなりこんなこと言《い》われれば、普通《ふつう》そういう反応《はんのう》になるよな。

「こっくりさんって、あれでしょ？　『はい』とか『いいえ』とか書《か》いた紙《かみ》と、十円玉《じゅうえんだま》を使《つか》ってやる降霊術《こうれいじゅつ》みたいな……」

「そう、それそれ」

言《い》いながら、オレはちらっとななめ前《まえ》の席《せき》に座《すわ》っている緋宮《ひのみや》を見《み》た。

緋宮《ひのみや》は自分《じぶん》の机《つくえ》に座《すわ》って本《ほん》を読《よ》んでいる。

「……ほらこれ、つくっといたんだ、昨日《きのう》」

ななめ前《まえ》を気《き》にしながらそう言《い》って、オレはA《エー》3サイズの紙《かみ》を真衣《まい》に見《み》せた。

紙《かみ》には、『はい』と『いいえ』、そのあいだに簡単《かんたん》な鳥居《とりい》の絵《え》、○《ゼロ》から九の数字《すうじ》、五十音《ごじゅうおん》表《ひょう》が書《か》かれている。

それを見《み》て、真衣《まい》はあからさまにいやそうな顔《かお》になる。

「やめとこうよ～、こっくりさんって『ヤバい』ってよく言《い》うじゃん。わたし、お母《かあ》さんの友達《ともだち》が怪奇現象《かいきげんしょう》に巻《ま》きこまれた話《はなし》とか聞《き》いたことあるよ」

「ヤバいからこそ、だろ。……まあたしかに、最中《さいちゅう》に奇声《きせい》をあげて笑《わら》いだしたりとか、正《しょう》気《き》を失《うしな》ったりとか」

「うわ」

「とつぜん川《かわ》に飛《と》びこんで、おぼれて死《し》んじゃったとか、いろいろウワサはあるけどさ」

「うわあ……」

「でもさ、なにもなかったらやる意味《いみ》ないだろ」

こっくりさんとは、簡単《かんたん》に言《い》うなら、ふたり以上《いじょう》で行《おこな》う降霊術《こうれいじゅつ》もしくは占《うらな》い遊《あそ》びのひとつだ。1970年代《ねんだい》には、社会問題《しゃかいもんだい》になるほど流行《はや》ったらしい。

ちなみに、こっくりさんには、『狐狗狸《こっくり》さん』と字《じ》をあてはめる。降霊術《こうれいじゅつ》で呼《よ》びだされるのは、キツネの霊《れい》であるらしいからだ。

――こまかいルールは多《おお》いが、『こっくりさん』のやりかたはそこまで難《むずか》しくない。

まず先《さき》ほど真衣《まい》に見《み》せたような専用《せんよう》の紙《かみ》をおき、そのうえに十円玉《じゅうえんだま》をおいて、参加者全《さんかしゃぜん》員《いん》がその十円玉《じゅうえんだま》に指《ゆび》を添《そ》える。そして添《そ》えた指《ゆび》から力《ちから》を抜《ぬ》いて、「こっくりさんこっくりさん、おいでください」と言《い》うと、霊《れい》がおりてくる。

おりてきた霊《れい》は十円玉《じゅうえんだま》を動《うご》かし、参加者《さんかしゃ》の質問《しつもん》にこたえてくれる。

参加者《さんかしゃ》は五十音表《ごじゅうおんひょう》と、『はい』と『いいえ』、それから数字《すうじ》を使《つか》って、霊《れい》と会話《かいわ》をするというわけだ。

ただし、相手《あいて》にするのが霊《れい》であるからこそ、『おいでになった』やつがなかなか帰《かえ》ってくれなかったり、人《ひと》に取《と》り憑《つ》いたりすることもあるらしい。実践《じっせん》するとまずい儀式《ぎしき》であるとして、禁止《きんし》している学校《がっこう》もあるくらい。

もちろん、こっくりさんをすればかならず『勝手《かって》に十円玉《じゅうえんだま》が動《うご》く』なんて怪奇現象《かいきげんしょう》が起《お》こるわけはない。だいたいは参加者《さんかしゃ》のだれかが意図《いと》して動《うご》かして、みんなを怖《こわ》がらせているんだろう。

しかし、ごくたまに、ほんものの怪奇現象《かいきげんしょう》が起《お》こることもある。さっきオレが真衣《まい》に言《い》ったことも、あながちウソじゃない。……それに、ヤバいからこそ、意味《いみ》があるんだ。

ただ、真衣《まい》は乗《の》り気《き》ではなさそうだ。

「ていうか、なんでわたしを誘《さそ》うの？　仲《なか》いい男子《だんし》とかさそえばいいじゃん」

「そりゃあ……。おまえだって気《き》にしてたろ。うちの姉《あね》のこと」

「！」

真衣《まい》が息《いき》をのむ。……そう、俺《おれ》と幼《おさな》なじみである真衣《まい》は、姉《あね》とも仲《なか》が良《よ》かった。

雅《みやび》が、オレの姉《あね》がとつぜん変《か》わった理由《りゆう》は？

それから、水橋《みずはし》ユキが飛《と》びおりた本当《ほんとう》の理由《りゆう》は？

「だから、それをこっくりさんに聞《き》こうと思《おも》う。だから協力《きょうりょく》してほしいんだ」

「それは、でも……。聞《き》きたいことがあるなら緋宮《ひのみや》さん本人《ほんにん》に聞《き》けばいいんじゃないの」

俺《おれ》は押《お》しだまる。真衣《まい》には、姉《あね》の異変《いへん》については、きっと緋宮《ひのみや》せいらがなにか知《し》ってるはずだという話《はなし》はしたことがあったから、真衣《まい》がそう思《おも》うのはとうぜんだ。

たしかに緋宮《ひのみや》に聞《き》くのが一番手《いちばんて》っとりばやい。でも、

「本人《ほんにん》に聞《き》いたって、ほんとのこと話《はな》してくれるかなんてわかんねーだろ？　隠《かく》したいことだってあるかもしれないし」

真衣《まい》が押《お》しだまる。

迷《まよ》ってるんだろう。なら、あと一押《ひとお》しだ。

「ほら、そんな気負《きお》わずにさ。オレもそれだけじゃなくて、聞《き》きたいこといろいろある

し？　テストのこととか、将来《しょうらい》のこととか？」

そもそもマジで怪奇現象《かいきげんしょう》が起《お》こるのかもわかんないだろ？

……そう明《あか》るい口調《くちょう》で言《い》うと、ようやく真衣《まい》は「わかったよ」とうなずいた。

「よし、決《き》まり！」オレはわざと、少《すこ》しとおる声《こえ》で言《い》う。「じゃあ今日《きょう》の委員会《いいんかい》のあと、となりの空《あ》き教室《きょうしつ》でやろう」

「はいはい」

オレはまた、ちらりと緋宮《ひのみや》の様子《ようす》をうかがう。

緋宮《ひのみや》は変《か》わらず前《まえ》をむいたまま、こちらをふりかえることはなかった。

3

委員会《いいんかい》が終《お》わったあと、ふたりで立《た》ち寄《よ》った教室《きょうしつ》は無人《むじん》だった。

「じゃあ、まずは本当《ほんとう》に気《き》になることより、適当《てきとう》なことを聞《き》いていこう」

こっくりさんに使《つか》う道具《どうぐ》を前《まえ》に、オレは言《い》う。

十円玉《じゅうえんだま》が動《うご》くにしろ動《うご》かないにしろ、ゲームのチュートリアルみたいに、簡単《かんたん》な質問《しつもん》からはじめるんだ。

「それはいいけどさ。優《すぐる》はほんとに、その……緋宮《ひのみや》さんのやってる、怪異対策《かいいたいさく》コンサルタント？　が原因《げんいん》で、雅先輩《みやびせんぱい》が変《へん》になったって思《おも》ってるの？」

「わからない。可能性《かのうせい》はあると思《おも》ってるけど」

だからそれを確《たし》かめるためにも、こっくりさんを試《ため》すんだ。

そう言《い》うと、ふーん、とうなずきながらも、真衣《まい》はこっくりさんを呼《よ》ぶ紙《かみ》の前《まえ》にたつ。

そして十円玉《じゅうえんだま》に指《ゆび》をおくと、開口一番《かいこういちばん》、真衣《まい》がこんなことを聞《き》いた。

「じゃあまず～、優《すぐる》の好《す》きな人《ひと》は佐々木先輩《ささきせんぱい》ですか？」

「おい、コラ」

オレは真衣《まい》をにらむ。

佐々木先輩《ささきせんぱい》は美少女《びしょうじょ》として有名《ゆうめい》な、委員会《いいんかい》の先輩《せんぱい》だ。

でもべつに好《す》きとかではない。たしかに先輩《せんぱい》はかわいいけど、そんなに親《した》しくないし。

「だって何度《なんど》聞《き》いてもごまかすんだもん。気《き》になるじゃん」

「だぁかぁらぁ、ちがうっつうの！」

言《い》いながら、オレは指《ゆび》に力《ちから》をいれ、『いいえ』のところに十円玉《じゅうえんだま》をもっていこうとする。

「ちょっと優《すぐる》、動《うご》かしてるでしょ？」

「動《うご》かしてない」

ウソをつきながらもぐいぐいひっぱれば、笑《わら》いまじりに真衣《まい》が「ほらやっぱひっぱってる！」と非難《ひなん》してくる。

ちがうって、とまた言《い》いながら、なんとか『いいえ』に十円玉《じゅうえんだま》をもってくる。

「あーあ」

「あーあ、ってなに？　こっくりさんは事実《じじつ》を教《おし》えてくれただけだろ？」

真衣《まい》はうろんな目《め》をむけてくるが、無視《むし》。

……それからも、オレたちはわーわー言《い》いあいながらも、『こっくりさん』に質問《しつもん》をしあった。

ただ、十円玉《じゅうえんだま》が勝手《かって》に動《うご》いた、という感触《かんしょく》はなかった。

しかし事実《じじつ》として十円玉《じゅうえんだま》は動《うご》いているから、たぶん真衣《まい》が動《うご》かしているんだろう。たまに、オレが動《うご》かすときもあったけど。

「じゃあ……2組《くみ》の柏木《かしわぎ》に好《す》きな人《ひと》はいますか？」

「ちょっとー！」

真衣《まい》がうらめしそうに、ちょっと顔《かお》を赤《あか》くしてこちらをにらんでくる。ちなみに、2組《くみ》の柏木《かしわぎ》は、真衣《まい》が気《き》になってるというサッカー部《ぶ》のイケメンだ。

ふん、やられたことをやりかえしただけだろ。

さて、どうだろうなーと思《おも》いながら待《ま》つが、十円玉《じゅうえんだま》が動《うご》く気配《けはい》はない。

……あれっ、と思《おも》った。

思《おも》わず真衣《まい》を見《み》ると、真衣《まい》も『あれっ？』という顔《かお》でオレを見《み》ていた。

目《め》が合《あ》って、ふたり同時《どうじ》に察《さっ》する――ふたりとも、相手《あいて》が十円玉《じゅうえんだま》を動《うご》かすと考《かんが》えていたんだ。

なんとなく気《き》まずい空気《くうき》が場《ば》に流《なが》れる。さっきまでは質問《しつもん》してすぐに十円玉《じゅうえんだま》が動《うご》いていたから――つまり動《うご》かしていたから、一度《いちど》間《ま》が空《あ》くとやりにくい。

どうしようか、と迷《まよ》いながら十円玉《じゅうえんだま》を見下《みお》ろした、そのときだった。

——**じわり**。

ふたりの指《ゆび》が添《そ》えられた、十円玉《じゅうえんだま》が動《うご》いた。

「えっ」

真衣《まい》が声《こえ》を漏《も》らす。演技《えんぎ》でなく、おどろいた声《こえ》だった。

ということは、真衣《まい》が十円玉《じゅうえんだま》を動《うご》かしているわけじゃない。

だが、もちろんオレも動《うご》かしてない。

「優《すぐる》？」

「オレじゃない……」

意図《いと》せず、弱々《よわよわ》しい声《こえ》が口《くち》からもれでた。

背中《せなか》に汗《あせ》がにじんでいく。そのあいだにも、じわじわと十円玉《じゅうえんだま》が動《うご》く。

——**いる**。**ここに**。

いま十円玉《じゅうえんだま》を動《うご》かしているのは、『こっくりさん』だ。

オレたちは、ゆるゆると動《うご》く十円玉《じゅうえんだま》を、固唾《かたず》を呑《の》んで見守《みまも》った。

『**いいえ**』

「いいえ、って……」

文字《もじ》を追《お》った真衣《まい》が、目《め》を丸《まる》くしてこぼす。

「これって、柏木《かしわぎ》くんの好《す》きな人《ひと》のことだよね？　柏木《かしわぎ》くんには好《す》きな人《ひと》はいない……」

「多分《たぶん》……」

「ちょっと待《ま》ってよ、これってヤバくない？」

興奮《こうふん》したような、呆然《ぼうぜん》としたような、恐《おそ》れているような——そんな声《こえ》で真衣《まい》が言《い》う。

「佐々木《ささき》くんに好《す》きな人《ひと》がいない。それはいい。でも、十円玉《じゅうえんだま》……動《うご》いたよね？　勝手《かって》に！」

真衣《まい》は真《ま》っ青《さお》だ。十円玉《じゅうえんだま》が動《うご》いたらおもしろいな、とたしかに思《おも》ってた。けど……本当《ほんとう》にひとりでに動《うご》くなんて。

真衣《まい》の言《い》うとおり、これはヤバいのかもしれない。

こっくりさんを呼《よ》ぶことに成功《せいこう》してしまったら、帰《かえ》ってもらうのがすごく大変《たいへん》だったり、最悪《さいあく》取《と》り憑《つ》かれて死《し》んでしまったりするという。……でも。

オレはいまにも逃《に》げだしそうな真衣《まい》に、するどく言《い》う。

「十円玉《じゅうえんだま》から指《ゆび》を離《はな》すなよ、真衣《まい》」

こっくりさんの途中《とちゅう》で十円玉《じゅうえんだま》から指《ゆび》を離《はな》してはならない。それはルールなので、きちんと守《まも》らないとたぶん、まずい。勝手に終わらせたらなにが起こるかわからない。

「……水橋《みずはし》ユキは、本当《ほんとう》に自分《じぶん》の意志《いし》で屋上《おくじょう》から飛《と》びおりたんですか？」

聞《き》くと、真衣《まい》が目《め》を見開《みひら》く気配《けはい》がした。

そのままじっとしていると、やがて、十円玉《じゅうえんだま》が動《うご》きだす。……そして。

『いいえ』

ウソ、と真衣《まい》が少《すこ》しおびえた声《こえ》をもらす。

「『いいえ』、ってことは……」

「ああ……水橋《みずはし》は、たぶんだれかのせいで屋上《おくじょう》から落下《らっか》したんだ」

犯人《はんにん》は緋宮《ひのみや》じゃない。それはわかってる。

水橋《みずはし》が屋上《おくじょう》から落下《らっか》したときに、あいつはクラスにいた。でも……。

「ま、待《ま》ってよ！」

真衣《まい》はあわてたように声《こえ》をあげた。顔色《かおいろ》が悪《わる》い。

「でもたしか、水橋《みずはし》さんが飛《と》びおりたとき、屋上《おくじょう》にはだれもいなかったんだよね？　突《つ》き落《お》とせる人《ひと》なんていないじゃん」

「じゃあ、事故《じこ》？　授業中《じゅぎょうちゅう》にわざわざ屋上《おくじょう》まで行《い》って、フェンスがたまたまこわれて、たまたま事故《じこ》で落下《らっか》したって？」

……そんなの、不自然《ふしぜん》すぎる。

水橋《みずはし》はきっとなにか理由《りゆう》があって屋上《おくじょう》まで行《い》って、それで、だれかに突《つ》き落《お》とされたんだ。

真衣《まい》は蒼白《そうはく》な顔《かお》で、「まさか……」と言《い》ってオレを見《み》た。

「優《すぐる》は、水橋《みずはし》さんを突《つ》き落《お》とした犯人《はんにん》がいるって思《おも》ってるわけ？」

「だって、そうとしか思《おも》えないだろ」

「じゃあ、犯人《はんにん》がいたとして、それはだれなの!?」

それは、と言《い》いかけたそのとき、十円玉《じゅうえんだま》が動《うご》いた。五十音表《ごじゅうおんひょう》の文字《もじ》を、ゆっくりとたどっていく。オレはそれを、1文字《もじ》ずつ口《くち》にだして読《よ》んでいく。

「さ・く・や・ま……」


『さ』『く』『や』『ま』『み』『な』『み』


「さくやま、みなみ……?」

真衣《まい》のさけびに反応《はんのう》したんだろう――勝手《かって》に動《うご》きだした十円玉《じゅうえんだま》がつむいだなにかの名前《なまえ》に、オレはぽかんとする。

「これ人《ひと》の名前《なまえ》、だよね？　でも、聞《き》いたことない名前《なまえ》だね……」

真衣《まい》のつぶやきに、うなずく。

少《すく》なくとももうちの学年《がくねん》には、そんな人《ひと》はいなかったはずだ。

「でもこれって、水橋《みずはし》さんを突《つ》き落《お》としたのは『さくやまみなみ』ってヒトってこと？」

わからない。

そもそも、オレは『さくやまみなみ』がだれなのかも知《し》らない。ましてやその人《ひと》が、本《ほん》当《とう》に水橋《みずはし》を突《つ》き落《お》としたかなんて、わかりっこない。

しん、と教室《きょうしつ》の中《なか》に沈黙《ちんもく》が落《お》ちる。

「ねえ、優《すぐる》、やめようよ。なんか怖《こわ》いよこいつ！　帰《かえ》ってもらわない？」

「悪《わる》いけど、ムリ」

――だって。オレはずっと、『これ』を待《ま》ってたんだ。

「雅《みやび》に……姉貴《あねき》に、なにがあったのか教《おし》えてくれ。最近《さいきん》、あいつ、ずっと変《へん》なんだよ」

緊張《きんちょう》で、口《くち》の中《なか》がかわく。心臓《しんぞう》がうるさい。

それでもなんとかハッキリと口《くち》にだして、そう聞《き》いた。

「それって、キャラ変《へん》したってだけの話《はなし》なんじゃ」

おそるおそるというように言《い》った真衣《まい》が、そう口《くち》にだしてすぐにびくっと肩《かた》を揺《ゆ》らす。

……十円玉《じゅうえんだま》がひとりでにふるえたからだ。いまにも動《うご》きだしそうに。

そして——。

『あ』『れ』『は』『も』『う』

『お』『ま』『え』『の』『あ』『ね』『で』『は』『な』『い』

するどく、息《いき》をのむ音《おと》がした。

それはオレが発《はっ》した音《おと》だったかもしれないし、真衣《まい》が発《はっ》した音《おと》だったのかもしれない。

「……は？」

自分《じぶん》でもおどろくほど冷《つめ》たい声《こえ》が口《くち》からもれた。

こっくりさんの『こたえ』が、うまくのみこめなくて、ふるえる。

あれはもう、おまえの姉《あね》ではない、だって？

「どういうことだよ……」

「優《すぐる》」

「どういうことだよ！　おい！　いまの、どういう意味《いみ》だよ!?　なあ!?」

真衣《まい》が真《ま》っ青《さお》になって、「優《すぐる》！」とオレをもう一度《いちど》呼《よ》ぶ。

でも、そんなの気《き》にしていられなかった。

「こたえろよ！　雅《みやび》に、姉貴《あねき》になにがあったんだよ!?」


『あ』『か』『い』『け』『い』『や』『く』『し』『ょ』


——赤《あか》い契約書《けいやくしょ》。

動《うご》いた十円玉《じゅうえんだま》を見《み》た真衣《まい》がさらに青《あお》くなった。

やっぱりそうだ。姉《あね》が、翔先輩《しょうせんぱい》が、水橋《みずはし》が、緋宮《ひのみや》と契約《けいやく》を交《か》わしたときに使《つか》ったという契約書《けいやくしょ》。

あれに秘密《ひみつ》があるんだ。

あれを使《つか》って緋宮《ひのみや》が、みんなを。

「赤《あか》い契約書《けいやくしょ》がなんだって言《い》うんだよ、それでなにができるんだよっ！」

「優《すぐる》っ！　もうやめようってば！」

「離《はな》せよ！」

制服《せいふく》のすそをつかむ真衣《まい》の手《て》をふりはらって、にらみつける。

「やめたきゃおまえひとりでやめればいいだろ！」

「ムリだよ！　こっくりさん、もうここにいるじゃん！」

真衣《まい》が半泣《はんな》きでさけぶ。「途中《とちゅう》で勝手《かって》にやめたらヤバいんでしょ!?　なんにも起《お》こってないならまだしも、霊《れい》がいるのにそんなことできるはずないじゃん！」

「ならちょっとしずかにしてろ！」

オレはあらためて、十円玉《じゅうえんだま》にむきなおる。

「姉貴《あねき》の件《けん》も水橋《みずはし》の件《けん》も、緋宮《ひのみや》のせいなんだろ？」

『**あ**』『**か**』『**い**』『**け**』『**い**』『**や**』『**く**』『**し**』『**よ**』

「赤《あか》い契約書《けいやくしょ》ってなんなんだ、なあ、怪異対策《かいいたいさく》コンサンルタントってなんなんだよ？」

『**あ**』『**か**』『**い**』『**け**』『**い**』『**や**』『**く**』『**し**』『**よ**』

「それしか言《い》えないのか？」

『**あ**』『**か**』『**い**』『**け**』『**い**』『**や**』『**く**』『**し**』『**よ**』

『あ』『か』『い』『け』『い』『や』『く』『し』『ょ』『あ』『か』『い』『け』

『い』『や』『く』『し』『ょ』『あ』『か』『い』『あ』『か』『い』『あ』『か』

『い』『あ』『か』『い』――


「やだなにこれ……！　十円玉止《じゅうえんだまと》まんない……！」

何度《なんど》も何度《なんど》もぐるぐるぐるぐるまわる十円玉《じゅうえんだま》。

えんえんとくりかえす。赤《あか》い。赤《あか》い。赤《あか》い。赤《あか》い。

なんだか、おかしくなってきた。赤《あか》い。赤《あか》い。赤《あか》い。赤《あか》い。赤《あか》い。

「赤《あか》い赤《あか》い赤《あか》い赤《あか》い赤《あか》い赤《あか》い赤《あか》い赤《あか》い赤《あか》い赤《あか》い赤《あか》い――」

「ヒッ！」

オレの声《こえ》を聞《き》いた真衣《まい》が悲鳴《ひめい》をあげて、思《おも》わずといったように十円玉《じゅうえんだま》から指《ゆび》を離《はな》した。

それを見《み》て。それを見《み》て――。

「アハハハハハハハッッッ！」

4

――ガラッ！

オレの笑《わら》い声《ごえ》がひびきわたったその瞬間《しゅんかん》、いきおいよく扉《とびら》が開《ひら》き、飛《と》びこんできた人影《ひとかげ》があった。

「どうかしましたかっ？」

「ひ、緋宮《ひのみや》さん……！」

真衣《まい》が青《あお》をとおりこして白《しろ》くなった顔《かお》のまま、緋宮《ひのみや》にすがるように抱《だ》きついた。

「すごい声《こえ》がしましたが……なにがあったんですか？」

「た、助《たす》けて！　わ、わ、たしたち、こっくりさんをやってて、そしたらいきなり優《すぐる》の様《よう》子《す》が変《へん》になって！　わたし、とっさに指《ゆび》を離《はな》しちゃって！」

「指《ゆび》を……儀《ぎ》式《しき》をやめる前《まえ》に離《はな》してしまったんですか？」

「だ、だって……！」

「……だいじょうぶ、いまからできることもあります」

緋宮《ひのみや》が力強《ちからづよ》く言《い》い、持《も》っていたカバンからファイルをとりだした。

透明《とうめい》なクリアファイルの中《なか》に入《はい》っているのは、赤《あか》い――契約書《けいやくしょ》。

「これにサインを、香川《かがわ》さん！」

「え、え……で、でもこれ」

「いいから早《はや》く！　古賀《こが》くんが手《て》おくれになってしまいますよ？」

手《て》おくれになる。

そう聞《き》いてくちびるを震《ふる》わせた真衣《まい》は、あわててペンをとり、契約者氏名《けいやくしゃしめい》の欄《らん》に名前《なまえ》を書《か》こうとして。


「やめろ、サインするな、真衣《まい》」

――オレは、真衣《まい》の腕《うで》をつかんだ。

「えっ……!?」

真衣《まい》と、緋宮《ひのみや》の目《め》が丸《まる》くなる。……緋宮《ひのみや》がおどろいた顔《かお》を見《み》るのは、これがはじめてかもしれない。

オレはキッと、緋宮《ひのみや》をにらんだ。

「うまかっただろ？　……オレの、『おかしくなった』演技《えんぎ》。これが演劇部《えんげきぶ》1年《ねん》エースの実力《じつりょく》だ！」

そう。

さっきまでの奇声《きせい》とか、高笑《たかわら》いとかは、全部演技《ぜんぶえんぎ》だったのだ。

「ウソ、ど、どこから演技《えんぎ》だったの……？　まさか、最初《さいしょ》から？」

「ちがう。とちゅうまでは、本当《ほんとう》に勝手《かって》に十円玉《じゅうえんだま》が動《うご》いてた。『赤《あか》い契約書《けいやくしょ》』がくりかえされはじめたあたりからだよ。あのあたりから、オレが十円玉《じゅうえんだま》をむりやり動《うご》かしてたんだ」

呆然《ぼうぜん》としている真衣《まい》に、怖《こわ》がらせてごめん、とあやまって。

そして。

「……でも、『あれはもうおまえの姉《あね》ではない』に、キレてたのはマジだぜ」

あれはこっくりさんでおりてきた霊《れい》の言葉《ことば》だ。

ならますます、雅《みやび》になにが起《お》きたのかを、知《し》らなくちゃいけなくなった。だれが雅《みやび》を、あんなふうにしたのかも――。

オレはあらためて、緋宮《ひのみや》に視線《しせん》をむける。

「どーせすぐそこで聞《き》いてるんだろうなと思《おも》ってたけど、やっぱりいたんだな。ずっと近《ちか》くでこっちの様子《ようす》をうかがって、チャンスを待《ま》ってたんだろ？」

「……いやだ、いったいなんの話《はなし》ですか？　わたしが、なにを待《ま》っていたと？」

「決《き》まってるだろ。――その赤《あか》い契約書《けいやくしょ》に、サインをさせるチャンスを、だよ！」

オレはいままさに、真衣《まい》がサインをしそうになっていた赤《あか》い契約書《けいやくしょ》を指《ゆび》さす。

緋宮《ひのみや》と真衣《まい》の視線《しせん》が、赤《あか》い契約書《けいやくしょ》に集《あつ》まる。

「……オレは、姉貴《あねき》が変《へん》になった原因《げんいん》が知《し》りたくて、なにか知《し》ってそうなおまえに話《はなし》をさせるつもりだったんだよ」

怪異対策《かいいたいさく》コンサルタント。

そう名乗《なの》る緋宮《ひのみや》に頼《たよ》ってから、ふたりも不可解《ふかかい》な目《め》に遭《あ》っていたから。

「普通《ふつう》に聞《き》いてもごまかされそうだから、ちゃんと策《さく》を練《ね》ったんだ」

オレの考《かんが》えた作戦《さくせん》はこうだ。

わざと周《まわ》りに聞《き》かせるような声《こえ》で、『こっくりさんをしよう』と真衣《まい》に言《い》い、こっくりさんをすることを緋宮《ひのみや》に知《し》らせる。

そして、放課後実際《ほうかごじっさい》にこっくりさんをして、おかしくなったフリをする。……そうしたら、近《ちか》くで様子《ようす》をうかがっているはずの緋宮《ひのみや》が赤《あか》い契約書《けいやくしょ》をもって、入《はい》ってくるはずだと考《かんが》えた。

いまみたいに、『古賀《こが》くんを助《たす》けられなくていいのか』と真衣《まい》を焦《あせ》らせて、サインを迫《せま》るだろうと踏《ふ》んで。

「教室《きょうしつ》でああ言《い》っとけば、おまえはぜったいに様子《ようす》をうかがいにくるだろうなって思《おも》ってた」

こっくりさんはあぶない遊《あそ》びだ。マジでヤバいことが起《お》きることもある。

実際《じっさい》に怪奇現象《かいきげんしょう》が起《お》きたり、オレや真衣《まい》が取《と》り憑《つ》かれたりしたら、いまだ！　と思《おも》うときに飛《と》びこんで契約《けいやく》を迫《せま》ればいい。そうしたら、ほぼまちがいなく契約書《けいやくしょ》にサインがもらえる。

オレは、そう思《おも》ってここに飛《と》びこんでくるだろう緋宮《ひのみや》を待《ま》ってたんだ。

――なぜなら、緋宮《ひのみや》は、契約書《けいやくしょ》にサインをもらいたがっている。

「それで、やっぱりおまえはここにきた。真衣《まい》からサインをもらうために！」

予想《よそう》どおりだ。

「これでおまえが、赤《あか》い契約書《けいやくしょ》のサインに執着《しゅうちゃく》してることを確《たし》かめられたな」

緋宮《ひのみや》はなにも言《い》わない。

代《か》わりに、真衣《まい》がとまどったように言《い》った。

「で、でも、どうして緋宮《ひのみや》さんはそんなに契約書《けいやくしょ》にサインがほしいわけ？　べつに怪異対《かいいたい》策《さく》コンサルタントの仕事《しごと》をしても、お金《かね》はもらえないのに……」

「緋宮《ひのみや》がほしいのは多分《たぶん》、お金《かね》じゃないよ」

言《い》いながら、緋宮《ひのみや》を見《み》る。

すると、さっきまでカタチだけでもほほえんでいたはずの緋宮《ひのみや》の顔《かお》からは、表情《ひょうじょう》という表情《ひょうじょう》が抜《ぬ》け落《お》ちていた。

――オレは調《しら》べたんだ。

緋宮《ひのみや》のこと、赤《あか》い契約書《けいやくしょ》のこと。資料《しりょう》や古《ふる》い新聞《しんぶん》を読《よ》んだり、人《ひと》に聞《き》いたりして。

そうしたら、とある都市伝説《としでんせつ》が耳《みみ》に入《はい》ってきたのだ。

『赤《あか》い契約書《けいやくしょ》で、九十九個《きゅうじゅうきゅうこ》契約《けいやく》をむすべば、なんでもねがいが叶《かな》う』

……赤《あか》い契約書《けいやくしょ》が『ナニ』なのか、怪異対策《かいいたいさく》コンサルタントとかいう職業《しょくぎょう》が本当《ほんとう》にあるのかもわからない。

でも、きっと。

「緋宮《ひのみや》にはたぶん、なんとしてでも九十九個《きゅうじゅうきゅうこ》のサインが必要《ひつよう》な理由《りゆう》があるんだ」

だから手段《しゅだん》を選《えら》ばないで、サインをさせるんだ。

……そしてきっと、そのせいで姉貴《あねき》は得体《えたい》の知《し》れない『ナニカ』に成《な》ったんだ。

「なあ、なんでオレの姉貴《あねき》はあんな風《ふう》になったんだ？　雅《みやび》にいったいなにがあったんだよ？」

あんなの、雅《みやび》じゃない。

「なんとか言《い》えよ。おまえの勝手《かって》な都合《つごう》のせいで、人《ひと》がひとり屋上《おくじょう》から飛《と》びおりて大怪我《おおけが》して、オレの姉貴《あねき》は得体《えたい》の知《し》れないナニカになったんだろ!?」

「ちょ、ちょっと優《すぐる》、やめなよ……!」

ゼッタイに許《ゆる》せない。

そう思《おも》って、さけぶと——。

「——失礼《しつれい》ですねえ。翔先輩《しょうせんぱい》も雅先輩《みやびせんぱい》も水橋《みずはし》さんも怪異《かいい》に苦《くる》しんでいたから、わたしは彼《かれ》らを助《たす》けてあげようとしたんですよ？」

緋宮《ひのみや》は、口角《こうかく》をあげてほほえみの表情《ひょうじょう》をつくっていた。

けれど、その視線《しせん》は氷《こおり》のように冷《つめ》たい。

「でも、雅先輩《みやびせんぱい》と水橋《みずはし》さんは契約違反《けいやくいはん》をしたんです」

だったら、と緋宮《ひのみや》は小首《こくび》をかしげた。

「その結果《けっか》どうなろうと、自業自得《じごうじとく》ということになりませんか？」

だって、契約《けいやく》を――約束《やくそく》を破《やぶ》るほうが悪《わる》いじゃないですか。

「契約違反《けいやくいはん》をした……？」

じゃあそのせいで、雅《みやび》はおかしな『ナニカ』になったっていうのか？

こんなぺらっぺらな赤《あか》い紙《かみ》1枚《まい》でむすんだ契約《けいやく》を、破《やぶ》っただけで？

「ッふざけんな！　契約違反《けいやくいはん》をしたやつは、どうなってもいいっていうのかよ！」

「ええ」

緋宮《ひのみや》がこともなげに言《い》う。

「だって、あぶない目《め》に遭《あ》いたくないなら、契約《けいやく》を破《やぶ》らなきゃいいんですもの」

「おまえ……！　そうやって使《つか》い捨《す》てみたいに人《ひと》を利用《りよう》して楽《たの》しいのかよ！」

オレが怒鳴《どな》ると、彼女《かのじょ》はハア？　と冷《つめ》たい声《こえ》を漏《も》らした。

心底《しんそこ》あきれた、というような声《こえ》。

「古賀《こが》くんだってわたしをおびき寄《よ》せるためだけに、真衣《まい》ちゃんを利用《りよう》してるじゃないですか。こっくりさんって、本当《ほんとう》にあぶない遊《あそ》びなんですよ？」

「そっ、それは……！　もし真衣《まい》になにかあったら、オレが契約書《けいやくしょ》にサインをするつもりだった！」

緋宮《ひのみや》の望《のぞ》みはサインだ。だれかをひどい目《め》に遭《あ》わせることじゃない。

だから緋宮《ひのみや》は、契約違反《けいやくいはん》をしない限《かぎ》り契約者《けいやくしゃ》を助《たす》けるはず。……実際《じっさい》に、翔先輩《しょうせんぱい》は緋宮《ひのみや》に助《たす》けてもらったと言《い》っていた。

そう言《い》うと、緋宮《ひのみや》は冷《さ》めた目《め》でこちらを見《み》た。

「契約違反《けいやくいはん》をしない限《かぎ》り契約者《けいやくしゃ》を助《たす》けるはず？　たしかに、そうですね。わたしは契約《けいやく》が守《まも》られる限《かぎ》り契約者《けいやくしゃ》を助《たす》けます。……でも、それがわかってるってことは、契約違反《けいやくいはん》をしたら見捨《みす》てられることもあるって、わかってるってことじゃないですか？」

「それは」

すぐに言《い》いかえす言葉《ことば》がでてこなくて、歯《は》を食《く》いしばる。

でも……契約《けいやく》を破《やぶ》ったからって、屋上《おくじょう》から飛《と》びおりたり、人《ひと》が得体《えたい》の知《し》れない『ナニカ』に変《か》わるのを見捨《みす》てていい理由《りゆう》にはならないだろ！

あくそ、なんで……っ！

「なんでおまえは、そんなにサインを集《あつ》めるのに必死《ひっし》になってるんだよ……!?」

「べつに、なんでだっていいじゃないですか」

緋宮《ひのみや》は淡々《たんたん》と返《かえ》す。

オレはそんな緋宮《ひのみや》を、にらみつけた。


「――もしかして、弟《おとうと》か?」


緋宮《ひのみや》せいらには、二《ふた》つ下《した》の弟《おとうと》がいる。

これも調《しら》べてわかったことだった。

3年前《ねんまえ》、緋宮《ひのみや》が4年生《ねんせい》のときに事故《じこ》に遭《あ》い、それからずっと目《め》が覚《さ》めてないらしい。緋《ひ》宮《みや》のフンイキが急《きゅう》に変《か》わったというのも3年前《ねんまえ》くらいだったはず。

「もしかして、おまえが九十九個《きゅうじゅうきゅうこ》のサインを集《あつ》めようとしているのは、弟《おとうと》になにか関係《かんけい》があるのか?」

そう聞《き》いた、まさにそのとき。

オレは、ものすごい力《ちから》で胸《むな》ぐらをつかまれた。

「――わかったような口《くち》を利《き》くな」

緋宮《ひのみや》せいらの、底冷《そこび》えするような低《ひく》い声《こえ》が、鼓膜《こまく》をふるわせる。

「あなたには、関係《かんけい》ない」

その迫力《はくりょく》に、なにも言《い》えずに硬直《こうちょく》する。

緋宮《ひのみや》は、固《かた》まったオレを見《み》てふんと鼻《はな》を鳴《な》らすと、ぱっと胸《むな》ぐらをつかんだ手《て》を離《はな》した。

そして真衣《まい》とオレに1枚《まい》ずつ、赤《あか》い契約書《けいやくしょ》をわたしてくる。

「な……なんのつもりだよ」

「こっくりさん。……儀式終了時《ぎしきしゅうりょうじ》の手順《てじゅん》を守《まも》らずに、勝手《かって》に中断《ちゅうだん》しましたよね」

「…………」

そのとおりだったので、押《お》しだまる。

――こっくりさんは、こう終《お》わらなければならないというルールがある。

すべての質問《しつもん》を終《お》えたあと、参加者《さんかしゃ》が、「こっくりさんこっくりさん、もどってください」と唱《とな》える。すると十円玉《じゅうえんだま》が『はい』のところに行《い》ってから、鳥居《とりい》にもどる。

そうしないと、降《お》ろした霊《れい》はちゃんと帰《かえ》ってくれないというのだ。

「儀式《ぎしき》の手順《てじゅん》どおりに終《お》わらせないと、危険《きけん》です。こっくりさんは見境《みさかい》のない低級《ていきゅう》の霊《れい》を呼《よ》ぶ降霊術《こうれいじゅつ》ですから。憑《と》りつかれたら最後《さいご》、正気《しょうき》にもどれなくなってしまうかもしれませんよ」

「ひっ。す、優《すぐる》……！」

真衣《まい》がひきつった声《こえ》をあげ、すがるような目《め》でオレをふりむいた。

おびえきった目《め》だった。

「ですから、いまのうちに対策《たいさく》をしておかなければあぶないです。……サイン、しますよね？」

「……っ」

ワントーン低《ひく》い声《こえ》で問《と》われ、オレはうつむいた。

なにも言《い》い返《かえ》せない。

なにせ、オレたちの『こっくりさん』の儀式《ぎしき》では、途中《とちゅう》までオレたちでない『ナニカ』が十円玉《じゅうえんだま》を動《うご》かしていた。そう。……ちゃんとこの場《ば》に霊《れい》はいたのだ。

たしかにこのままじゃ、まずいかもしれない。真衣《まい》を巻《ま》きこんでしまった以上《いじょう》、最低限《さいていげん》、真衣《まい》の安全《あんぜん》は守《まも》らなきゃいけない。

……完敗《かんぱい》だ。そう思《おも》った。

「――ああ。心配《しんぱい》しなくてもだいじょうぶですよ？」

緋宮《ひのみや》が、にっこり笑《わら》う。

それはオレがいままで見《み》た笑顔《えがお》の中《なか》で、一番《いちばん》きれいで、一番《いちばん》おそろしい笑顔《えがお》だった。

「あなたたちが契約《けいやく》を守《まも》る限《かぎ》り、かならず最良《さいりょう》の『対策《たいさく》』を助言《じょげん》してみせますので」

エピローグ

静《しず》けさに満《み》ちた、帰《かえ》り道《みち》。
新《あら》たな2枚《まい》の契約書《けいやくしょ》が入《はい》ったクリアファイルをとりだす。
ついさっき手《て》にいれたばかりの契約書《けいやくしょ》には、それぞれサインが入《はい》っている。

【契約者学年《けいやくしゃがくねん》・年齢《ねんれい》・氏名《しめい》】
1年《ねん》1組《くみ》　12歳《さい》　香川《かがわ》真衣《まい》
【契約者学年《けいやくしゃがくねん》・年齢《ねんれい》・氏名《しめい》】
1年《ねん》1組《くみ》　13歳《さい》　古賀《こが》優《すぐる》

「……だいぶ、集《あつ》まってきましたね」
しずかにほほえんで、集《あつ》めた2枚《まい》の紙《かみ》を、空中《くうちゅう》にはなった。

瞬間《しゅんかん》――その2枚《まい》の紙《かみ》は、黒《くろ》い炎《ほのお》につつまれ、消《き》えていく。

「ふふ」

ここまで集《あつ》めるのに、3年《ねん》もかかってしまった。

けれど、のこりはもっと早《はや》く集《あつ》めることができるだろう。

だいじょうぶ。だから、安心《あんしん》して待《ま》っていて。


「カイ。あなたのことは、お姉《ねえ》ちゃんがぜったい助《たす》けてみせる」

――どんなことをしてでも。

――そのためにどれだけの人間《にんげん》が不幸《ふこう》になっても。


そのつぶやきは、だれにも届《とど》かずに。

夕方《ゆうがた》の薄闇《うすやみ》に溶《と》けるように、消《き》えていった。

この作品は、第14回「集英社みらい文庫大賞」の大賞受賞作を改稿したものです。

集英社みらい文庫

死《し》にたくないならサインして
裏切《うらぎ》り／ニセモノ／狐狗狸《こっくり》

日部星花《ひべせいか》 作
wogura《をぐら》 絵

ファンレターのあて先
〒101-8050 東京都千代田区一ツ橋2-5-10 集英社みらい文庫編集部
いただいたお便りは編集部から先生におわたしいたします。

2024年12月18日 第1刷発行
2025年 2 月17日 第2刷発行

発行者	今井孝昭
発行所	株式会社 集英社 〒101-8050 東京都千代田区一ツ橋2-5-10 電話 編集部 03-3230-6246 読者係 03-3230-6080 販売部 03-3230-6393（書店専用） https://miraibunko.jp
装丁	神戸柚乃＋ベイブリッジ・スタジオ 中島由佳理
印刷	TOPPAN株式会社
製本	TOPPAN株式会社

★この作品はフィクションです。実在の人物・団体・事件などにはいっさい関係ありません。

ISBN978-4-08-321883-5 C8293 N.D.C.913 182P 18cm

第《だい》14回《かい》みらい文庫《ぶんこ》大賞《たいしょう》
大《たい》賞《しょう》受《じゅ》賞《しょう》作《さく》
死《し》にたくないならサインして
作 日部星花《ひべせいか》
絵 wogura《をぐら》
正義《せいぎ》の味方《みかた》か？地獄《じごく》の使者《ししゃ》か？
超《ちょう》・新感覚《しんかんかく》ホラー!!
第《だい》2弾《だん》2025年《ねん》3月《がつ》21日《にち》(金《きん》)発売《はつばい》!!

だってわたしは、
怪異対策《かいいたいさく》コンサルタントですから！
まずはサインをしてもらって、それから
お話《はなし》を聞《き》かせてくれませんか？
死にたくないならサインして
日部星花
wogura
第《だい》1弾《だん》
大好評《だいこうひょう》につき
重版出来《じゅうはんしゅったい》!!!
裏切《うらぎ》り
ニセモノ
狐狗狸《こっくり》
第《だい》2弾《だん》
死にたくないならサインして
日部星花
wogura
自業自得《じごうじとく》
さとるくん
呪《のろ》いの楽譜《がくふ》

お万《まん》の方《かた》物語《ものがたり》

くわしくは小説《しょうせつ》を読《よ》んでね！

家康《いえやす》から十五代《だい》続《つづ》いた
徳川《とくがわ》将軍《しょうぐん》の本拠地《ほんきょち》・江戸城《えどじょう》。
その奥《おく》には将軍《しょうぐん》の妻《つま》たちが暮《く》らす
絢爛豪華《けんらんごうか》な「大奥《おおおく》」があった。

将軍《しょうぐん》を支《ささ》え「大奥《おおおく》」に生《い》きた女《おんな》たちの物語《ものがたり》——！

大人気《だいにんき》
『戦国姫《せんごくひめ》』の
藤咲《ふじさき》あゆな先生《せんせい》
&
マルイノ先生《せんせい》
がおくる！

将軍《しょうぐん》の寵愛《ちょうあい》をうけるのはだれ？
美《うつく》しく壮絶《そうぜつ》な歴史物語《れきしものがたり》、開幕《かいまく》！
春日局《かすがのつぼね》
3代《だい》将軍《しょうぐん》家光《いえみつ》の乳母《めのと》として
大奥《おおおく》の礎《いしずえ》をつくり、
初代《しょだい》総取締《そうとりしまり》となる
お万《まん》の方《かた》
家光《いえみつ》に見初《みそ》められ、
尼《あま》から家光《いえみつ》の妻《つま》となり、
大奥《おおおく》総取締《そうとりしまり》となる
お楽《らく》の方《かた》
古着屋《ふるぎや》の娘《むすめ》から
家光《いえみつ》の妻《つま》になった
シンデレラガール
作《さく》 藤咲《ふじさき》あゆな 絵《え》 マルイノ
大奥《おおおく》
将軍《しょうぐん》に愛《あい》された女《おんな》たち 春日局《かすがのつぼね》、お万《まん》の方《かた》ほか
2025年《ねん》1月《がつ》24日《か》（金《きん》）発売予定《はつばいよてい》！

何度《なんど》読《よ》んでも胸《むね》がアツくなる
超人気《ちょうにんき》まんが
ジャンプコミックス
ハイキュー!!
全《ぜん》45巻《かん》
古舘春一《ふるだてはるいち》
絶賛発売中《ぜっさんはつばいちゅう》!!
JUMP COMICS
MSBY
ハイキュー!!
挑戦者たち
45
古舘春一
誰《だれ》よりも長《なが》く〝勝《か》って〝コートに立《た》っていたい——!!
中学生《ちゅうがくせい》のころバレーボールで
苦《にが》い思《おも》いをした
日向《ひなた》と影山《かげやま》が出会《であ》ったとき
名《めい》コンビが誕生《たんじょう》する!!
お前《まえ》
もうベンチ下《さ》がれ
……
…スパイカーの前《まえ》の壁《かべ》を切《き》り開《ひら》く…
キュ
その為《ため》のセッターだ
おれにトス、
持って来い!!!
「最強《さいきょう》の敵《てき》」が今度《こんど》は「最強《さいきょう》の味方《みかた》」に!!!

「みらい文庫《ぶんこ》」読者《どくしゃ》のみなさんへ

言葉《ことば》を学《まな》ぶ、感性《かんせい》を磨《みが》く、創造力《そうぞうりょく》を育《はぐく》む……、読書《どくしょ》は「人間力《にんげんりょく》」を高《たか》めるために欠《か》かせません。

たった一枚《いちまい》のページをめくる向《む》こう側《がわ》に、未知《みち》の世界《せかい》、ドキドキのみらいが無限《むげん》に広《ひろ》がっている。

これこそが「本《ほん》」だけが持《も》っているパワーです。

学校《がっこう》の朝《あさ》の読書《どくしょ》に、休《やす》み時間《じかん》に、放課後《ほうかご》に……。いつでも、どこでも、すぐに続《つづ》きを読《よ》みたくなるような、魅力《みりょく》に溢《あふ》れる本《ほん》をたくさん揃《そろ》えていきたい。読書《どくしょ》がくれる、心《こころ》がきらきらしたり胸《むね》がきゅんとする瞬間《しゅんかん》を体験《たいけん》してほしい、楽《たの》しんでほしい。みらいの日本《にほん》、そして世界《せかい》を担《にな》うみなさんが、やがて大人《おとな》になった時《とき》、「読書《どくしょ》の魅力《みりょく》を初《はじ》めて知《し》った本《ほん》」「自分《じぶん》のおこづかいで初《はじ》めて買《か》った一冊《いっさつ》」と思《おも》い出《だ》してくれるような作品《さくひん》を一所懸命《いっしょけんめい》、大切《たいせつ》に創《つく》っていきたい。

そんないっぱいの想《おも》いを込《こ》めながら、作家《さっか》の先生方《せんせいがた》と一緒《いっしょ》に、私《わたし》たちは素敵《すてき》な本作《ほんづく》りを続《つづ》けていきます。「みらい文庫《ぶんこ》」は、無限《むげん》の宇宙《うちゅう》に浮《う》かぶ星《ほし》のように、夢《ゆめ》をたたえ輝《かがや》きながら、次々《つぎつぎ》と新《あら》しく生《う》まれ続《つづ》けます。

本《ほん》を持《も》つ、その手《て》の中《なか》に、ドキドキするみらい──。

本《ほん》の宇宙《うちゅう》から、自分《じぶん》だけの健《すこ》やかな空想力《くうそうりょく》を育《そだ》て、〝みらいの星《ほし》〟をたくさん見《み》つけてください。

そして、大切《たいせつ》なこと、大切《たいせつ》な人《ひと》をきちんと守《まも》る、強《つよ》くて、やさしい大人《おとな》になってくれることを心《こころ》から願《ねが》っています。

2011年《ねん》　春《はる》

集英社《しゅうえいしゃ》みらい文庫編集部《ぶんこへんしゅうぶ》